GULLIVER

1089

Christine Nöstlinger

Anatol und die Wurschtelfrau

Roman

EIN **GULLIVER** VON **BELTZ & GELBERG**

www.gulliver-welten.de
Gulliver 1089

Die Taschenbuchausgabe erfolgt
mit freundlicher Genehmigung der Autorin
Neue Rechtschreibung
Markenkonzept: Groothuis, Lohfert, Consorten, Hamburg
Einbandbild: Anna Luchs
Einbandtypographie: Max Bartholl
Gesamtherstellung: Druck Partner Rübelmann, Hemsbach
Printed in Germany
ISBN 978-3-407-74089-2
7 8 9 10 11 13 12 11 10 09

Neun Kapitel und was darin geschieht

1. Kapitel, *in welchem Desiree Pistulka wegen einer Schularbeit zum Thema »Meine Familie« in Schwierigkeiten gerät und sich beim Versuch, diese aus der Welt zu schaffen, weitere Schwierigkeiten aufhalst.*

Desiree saß in der letzten Bankreihe, am Platz beim Fenster, hatte die Arme über dem Bauch verschränkt, die Beine ausgestreckt und die Augen geschlossen. Vorne, beim Lehrertisch, war die Dr. Stingl mit der Rückgabe der Schularbeiten beschäftigt, und da sie noch lobend bei der besten Arbeit verweilte und bei der Freude, die sie am Aufsatz des Alex Birninger gehabt hatte, sah Desiree keinen Anlass zu gesteigerter Aufmerksamkeit. Die Dr. Stingl pflegte die Schularbeiten von »Sehr gut« nach »Nicht genügend« zu ordnen und in dieser Reihenfolge zu besprechen. Desiree hatte, seit sie im Gymnasium war, noch nie eine bessere Note als »Genügend« auf eine Deutscharbeit bekommen. Heute lag Desirees Heft zuunterst im Heftestapel. Desiree hatte das am Einband erkannt. Ihr Heft war das einzige, das einen Umschlag mit ausgefransten Kanten hatte.

Gut eine halbe Stunde, schätzte Desiree, würde es noch dauern, bis ihre Schularbeit an der Reihe war.

»Besonders nett hat der Alex die Beziehung zu seiner kleinen Schwester beschrieben«, sagte die Dr. Stingl. »Wären da nicht ein paar Flüchtigkeitsfehler, wäre die Arbeit einsame Spitze!« Dann räusperte sich die Dr. Stingl und las mit bewegter Stimme den kompletten Birninger-Aufsatz vor, in dem vor allem von der Birninger-Schwester die Rede war und von der tiefen Zuneigung, die alle Birningers, vor allem aber der Alex, zu dem kleinen Mädchen hatten.

Desiree unterdrückte ein Gähnen und dachte: Ein verlogenes Biest, der Alex. Er mag doch die Schwester gar nicht. Dauernd sagt er, dass sie eine Heimsuchung ist, die er noch einmal umbringen wird!

Ein zweiter Gähnanfall überkam Desiree und den konnte sie nicht unterdrücken. Laut gähnte sie los. Die Dr. Stingl hörte zu lesen auf und rief: »Pistulka! Pass auf und hör zu! Gerade dir kann das nun wirklich nicht schaden! Und mach gefälligst die Augen auf! Hier wird nicht gedöst!«

Desiree öffnete die Augen, blinzelte zur Dr. Stingl und murmelte: »Zum Zuhören müsste ich eigentlich nichts sehen.«

»Pistulka, rede deutlich und laut oder gar nicht!«, rief die Dr. Stingl.

»Lieber gar nicht«, sagte Desiree deutlich und laut. Sie wandte den Blick von der Dr. Stingl ab, ließ ihn aus dem Fenster schweifen und fixierte ihn auf eine graue, träge Wolke.

Die Dr. Stingl fuhr in der Aufsatzlesung fort. Als sie endlich fertig war, marschierte der Alex Birninger zum Lehrertisch, nahm seine Schularbeit wie einen Orden in Empfang und kehrte zu seinem Platz zurück. Hierauf besprach die Dr. Stingl die guten Arbeiten und die befriedigenden Arbeiten und die genügenden Arbeiten und schließlich kam sie zum letzten Heft und sagte seufzend: »Diesmal, Pistulka, hat es nicht einmal zu einem Genügend gereicht. Was du abgeliefert hast, ist ein schlechter Witz!«

Die Dr. Stingl nahm Desirees Heft und schlug es auf. Desiree holte einen Kaugummi aus der Hosentasche, wickelte ihn aus und steckte ihn in den Mund. Zur Beruhigung. Weil sie sicher war, dass die Dr. Stingl nun gleich ihren Aufsatz vorlesen werde. Das war nämlich ehernes Stingl-Prinzip. Die beste Arbeit und die schlechteste Arbeit hatten der allgemeinen Bewunderung beziehungsweise dem allgemeinen Gelächter preisgegeben zu werden!

Seit fast drei Jahren schon musste Desiree diese Tortur nach jeder Deutschschularbeit über sich ergehen lassen. Gewöhnt hatte sie sich nicht daran. Ganz im Gegenteil! Von Schularbeit zu Schularbeit wurde ihr Grimm größer. Umbringen hätte sie die Stingl können, wenn die mit hämischer Stimme aus ihrem Heft vorlas. Und die Kollegen hätte sie vor Wut verdreschen mögen, denn die kicherten beim Anhören ihrer Aufsätze wie ein Waggon voll Affen!

Desiree kaute und schloss wieder die Augen. Ruhig bleiben, befahl sie sich, keine Miene verziehen, nicht merken lassen, wie mir das auf den Nerv fällt!

Doch die Dr. Stingl hatte es sich diesmal anders überlegt. Sie sagte: »Pistulka, da du schon wieder am Einschlafen bist, wird es besser sein, du liest dein Meisterwerk selbst vor! Komm heraus!«

Desiree riss die Augen auf. Das kann ja nicht wahr sein, dachte sie. Die alte Schachtel kann doch nicht glauben, dass ich mich selber zur Schnecke mache?

»Na, Pistulka! Etwas Tempo, wenn ich bitten darf!«

Desiree zögerte nur kurz, dann sagte sie: »Ich bin heiser!«

»Zier dich nicht, deine Stimme klingt völlig normal!«, sagte die Dr. Stingl.

»Ist sie aber nicht«, rief Desiree. »Nach jedem dritten Satz ist sie plötzlich weg, kein Ton kommt dann mehr aus mir heraus!«

»Das werden wir ja sehen«, sagte die Dr. Stingl. »Deine Arbeit zeichnet sich ohnehin durch lapidare Kürze aus!« Sie winkte Desiree ungeduldig zu.

Desiree stand auf, holte den Kaugummi aus dem Mund und klebte ihn unter das Pult. Sie ging zum Lehrertisch und dachte: Ich bleibe eisern dabei, dass meine Stimme nach drei Sätzen futsch ist! Und drei Sätze habe ich bereits gesagt!

Desiree nahm das Heft, das ihr die Dr. Stingl entgegenhielt, schaute auf den fehlerfrei geschriebenen Aufsatz und das rote »Nicht genügend« darunter und öffnete den Mund und schloss ihn und öffnete ihn wieder und klappte ihn zu und machte ihn wieder auf. Wie ein Karpfen im Fischhändleraquarium, dicht am Luftsprudel, benahm sie sich.

In der Klasse machte sich Gekicher breit. Desiree fand das Gekicher über ihr stummes, karpfiges Lesen angenehmer als das Gekicher, das sonst – wenn die Stingl ihren Aufsatz vorlas – zu hören war. Also fuhr sie damit fort, den Mund auf- und zuzuklappen, ohne dass ein Mucks zu hören war, bis die ganze Klasse vor Entzücken kreischte und die Dr. Stingl rief: »Pistulka, ich warne dich! Treib es nicht auf die Spitze! Das könnte Folgen haben!«

»Wenn sie doch heiser ist«, rief der Thomas Haberkorn.

Der Andreas Enderl brüllte: »Tun Sie das kranke Kind nicht quälen!« Und die Netti Schober schrie: »Sie hat eine Kehlkopfallergie gegen Aufsatzvorlesen!«

Desiree begann sich wohl zu fühlen, weil sie spürte, dass die Kollegen von ihr begeistert waren. Nur Zuneigung sah sie in den Gesichtern, die ihr entgegengrinsten.

»Pistulka, setz dich!«, kreischte die Dr. Stingl.

Desiree ignorierte diese Anweisung. Sie beschloss, den Spaß zu verlängern. So einen hübschen Auftritt hatte man nicht alle Tage. Da musste man herausholen, was herauszuholen war!

Desiree drehte sich zur Dr. Stingl, schaute ihr freundlich ins Gesicht und sprach fischmäulig, aber völlig tonlos: »Heute bist du die Schnecke, alte Schachtel!«

»Pistulka, verschwinde, setz dich!«, kreischte die Dr. Stingl. »Es reicht! Wirklich!« Doch Desiree spielte weiter den Karpfen am Luftsprudel. Da packte die Dr. Stingl Desiree an der Schulter und beutelte sie und zischte: »Sofort auf deinen Platz mit dir! Und am nächsten Montag wünsche ich deine Eltern in der Sprechstunde zu sehen!«

Desiree klappte das Heft zu, nahm ein Stück Kreide und schrieb mit großen Buchstaben *jawohl* an die Tafel. Dann schritt sie hoch erhobenen Hauptes zu ihrem Platz zurück. Voll Genugtuung spürte sie, dass viele Kollegenblicke absolut bewundernd auf ihr ruhten.

Desiree setzte sich, verschränkte die Arme über der Brust, streckte die Beine unter das Pult und dachte: Das war ein unheimlich starker Auftritt! Eigentlich braucht der noch einen unheimlich starken Abgang! Sie hob noch einmal die Hand.

»Pistulka, was willst du noch?« Die Stimme der Dr. Stingl war eisig.

»Bitte, ein Wunder ist geschehen«, sagte Desiree. »Meine Stimme ist wieder voll da!«

Die Kollegen kreischten los, die Stingl starrte Desiree wütend an, die Karin Proksch zupfte Desiree am Ärmel. »Übertreib nicht«, flüsterte sie. »Wo sie doch eh so einen Pik* auf dich hat!«

»Eben«, murmelte Desiree und schaute wieder aus dem Fenster. Die graue, träge Wolke war noch immer am Himmel. Bloß ein wenig breiter und ein bisschen flacher war sie geworden. Desiree kratzte den Kaugummi von der Pultunterseite und steckte ihn in den Mund.

Der Thomas Haberkorn drehte sich um und flüsterte: »Gemein von der Kuh, gleich deine Eltern vorzuladen!«

Desiree nickte.

»Da bis zum Ende der Stunde nur mehr sieben Minuten sind«, rief die Dr. Stingl, »überbrücken wir den Rest der Stunde mit der Verbesserung!«

Das Gelächter in der Klasse verebbte. Desirees Kolle-

* Christine Nöstlinger ist Wienerin. Und ihr Buch spielt in Wien. Deshalb reden die handelnden Personen, wie man eben in Wien redet. Sie verwenden dabei Wörter, die in Wien und in Österreich üblich sind, aber in anderen Gebieten des deutschen Sprachraums nicht. Solche Dialektwörter werden auf Seite 190 f. erklärt.

gen schlugen die Hefte auf und fingen zu schreiben an. Die Karin Proksch hob die Hand und fragte bei der Stingl an, was die rote, gewellte Linie, den Korrekturrand ihres Heftes senkrecht zierend, zu bedeuten habe.

Desiree lehnte sich zurück und konzentrierte sich auf ihre Wolke. Die Elternvorladung ist blöd, dachte sie. Das muss mir der Titus ausbügeln!

In der Pause nach der Deutschstunde lief Desiree in den dritten Stock zur 7 A. Sie riss die Klassentür auf und schaute sich nach ihrem Bruder um, doch da der nirgendwo zu sehen war, schlug sie die Tür wieder zu und lief zum Knabenklo. Sie vermutete ihren Bruder dort, weil der Titus ein Raucher war und weil Rauchen in der Schule verboten war und daher im Vorraum vom Klo geraucht wurde.

Desiree wartete vor der Knabenklotür, bis einer aus dem Klo herauskam. Den fragte sie: »Bitte, ist der Pistulka aus der 7A drinnen?«

»Für wen hältst mich denn?«, sagte der, der aus dem Klo gekommen war, empört. »Glaubst, ich spechtel durch die Löcher in die Zwischenwänd?«

»Ob der im Vorraum ist, wollt ich wissen, du Depp«, sagte Desiree.

»Im Vorraum ist kein Schwein«, sagte der, der aus dem Klo gekommen war. »Aber aus einem Lokus raucht es oben raus!« Nachdem er diese Mitteilung gemacht hatte, entschwand er, seiner Klasse zu.

Desiree war der festen Meinung, dass der, der es oben aus dem Lokus herausrauchen ließ, ihr Bruder sein müsse. Sie betrat den Klovorraum. Drei Klotüren standen offen. Über der vierten schwebten tatsächlich Rauchschwaden sanft zur Decke hin.

»Titus«, sagte Desiree und pochte an die verschlossene Lokustür. »Ich muss unbedingt mit dir reden!«

Im Lokus rührte sich nichts. Desiree pochte weiter und rief: »Titus! Es ist wichtig!«

»Da ist kein Titus, mein Schatz«, brummte eine tiefe Stimme aus dem Klo. Desiree erkannte die Stimme. Sie gehörte dem Anatol Homolka, der war ein Freund vom Titus.

»Ehrlich nicht?«, fragte Desiree, weil sie schon gehört hatte, dass sich hin und wieder auch zwei Knaben zum gemeinsamen Rauchen in einem Klo einschließen.

»Ehrlich nicht«, brummte die Homolka-Stimme. »Ich pforz immer solo ins Topferl!« Dann kamen Geräusche aus dem Lokus, die Desiree sehr peinlich waren und ihr den Aufenthalt im Klovorraum verleideten. Desiree murmelte: »Ciao, Anatol«, und wollte den indiskreten Ort verlassen, doch in dem Moment, in dem sie die Hand auf die Türklinke legte, drückte jemand von außen auf die Klinke, die Tür ging auf und der Professor Maxelmeier stand vor Desiree. Der Maxelmeier war Desirees Biologielehrer und leidenschaftlicher Nichtraucher. Wenn er Gangaufsicht hatte, schloss er die Knabenklos immer in seine Aufsichtspflicht ein, um eventuelle heimliche Nikotinsünder zu entlarven.

Der Maxelmeier packte Desiree an der Schulter und zog sie auf den Gang und fragte in äußerst entsetztem Tonfall: »Pistulka, was fällt denn dir ein? «

Desiree war ob des Entsetzens in der Maxelmeier-Stimme verwirrt. Blitzschnell überdachte sie den bisherigen Verlauf des Tages und fand ihr Gewissen – bis auf den Konflikt mit der Stingl – lupenrein. Und dass der Maxelmeier wegen ihres lautlosen Vorlesens entsetzt sein könne, nahm sie nicht an. Daher sagte sie, dem Maxelmeier offen ins Auge blickend: »Nichts fällt mir ein, Herr Professor!«

»Du warst im Knabenklo«, sprach der Maxelmeier voll Abscheu. »Was hast du dort zu suchen gehabt?«

Desiree wollte sagen, dass sie dort ihren Bruder hatte finden wollen, doch dann überlegte sie, dass ihr Bruder weder in der Klasse noch auf dem Lokus gewesen war und dass er daher unter Umständen vielleicht gar nicht in der Schule war. Schulschwänzen gehörte zu Titus Pistulkas Neigungen. Desiree fand, sie hatte da auf der Hut zu sein! Wenn der Titus der Schule fern war, also als krank galt, müsste seine Schwester davon wissen. Eine Schwester aber, die weiß, dass ihr Bruder krank zu Bette liegt, sucht ihn nicht im Knabenklo der Schule! Dies überlegend, kaute Desiree an der Unterlippe!

»Pistulka, ich warte auf Antwort!«, sagte der Maxelmeier.

Desiree stotterte: »Ich war nur ganz einfach so im Klo, weil ich müssen hab, bitte!«

»Dafür ist das Mädchenklo da!«, sagte der Maxelmeier.

»Es war aber näher!« Desiree zeigte auf die Tür vom Knabenklo.

»Näher?« Der Maxelmeier hob die Stimme und eine Augenbraue auch. »Wieso näher? Deine Klasse befindet sich im ersten Stock! Hier ist der dritte!«

Desiree fand das Gespräch frustrierend. Wer hinter einem Bruder her ist, auf dass er eiligst den Zorn der Dr. Stingl besänftige, der ist nicht darauf aus, lange Verhöre über falsche WCs hinzunehmen.

»Pistulka! Ich frage dich noch einmal: Was hast du auf dem Knabenklo verloren?«

Desiree versuchte ein zerknirschtes Gesicht. »Nichts, bitte, Entschuldigung, Herr Professor«, sagte sie und meinte, das Gespräch damit beendet zu haben. Aber der Maxelmeier war nicht dieser Meinung. Er hielt Desiree einen Vortrag über Schulregeln und Anstandsregeln im Allgemeinen und die Verletzungen derselben. Nicht einmal das schrille Gebimmel, das die Pause ausläutete, ließ ihn seinen Vortrag unterbrechen. Desiree trat von einem Bein auf das andere, und als nach dem Läuten wieder gut eine Minute verstrichen war und der Maxelmeier noch immer keine Anstalten traf, sie zu entlassen, sagte sie: »Bitte, es hat geläutet, ich muss in die Klasse zurück!«

Da wurde der Maxelmeier wild. »Das Gespräch mit einem Schüler beende immer noch ich!«, rief er. »Sei froh, wenn ich den Vorfall nicht in der Direktion melde!«

Hin und wieder – und weiß der Kuckuck, warum gerade dann – überkam Desiree ein unüberlegter Drang nach Ehrlichkeit. In solchen Momenten konnte Desiree nicht abschätzen, was von den Gedanken, die ihr durch den Kopf gingen, besser unausgesprochen bliebe. Desirees Mama hatte Desiree empfohlen, im Falle dieses Dranges zuerst einmal von zehn bis null zu zählen und dann erst loszulegen. Da

Desiree nun – den Maxelmeier anschauend – so einen Anfall von absoluter Ehrlichkeit aufkeimen spürte, zählte sie hurtig von zehn bis null und sagte dann: »Was ist denn das schon für ein Vorfall? Klo ist Klo. Wenn man draufsitzt, riegelt man eh ab. Ich versteh überhaupt nicht, warum es Bubenklos und Mädchenklos geben muss. Zu Haus hat man ja auch nur ein Klo. Und mein Bruder lässt meistens sogar die Tür offen!«

Desiree war stolz darauf, dass sie, gebremst durch das verkehrte Zählen, dem Maxelmeier nicht gesagt hatte, er habe eine dreckige Fantasie und sie würde gern wissen, was er ihr eigentlich als tiefere Absicht im Knabenklo unterstelle.

Der Maxelmeier jedoch schätzte dieses Quantum an Zurückhaltung absolut nicht. »Das ist ja wohl die Höhe!«, rief er. Und dann sagte er: »Pistulka, es erscheint mir notwendig, dass ich mit einem Elternteil von dir spreche! Meine nächste Sprechstunde ist am Mittwoch!« Hierauf enteilte er, der Treppe zu.

»Oh, du Hölle!«, murmelte Desiree hinter ihm her. »Oh, du grasgrüne, verdammte Hölle!«

»Das kann man wohl sagen, Schatz!« Der Anatol Homolka kam aus dem Vorraum vom Klo und grinste über das ganze Gesicht. »So ein alter Knacker! Der hält dich garantiert für den, der die Löcher in die Wänd' bohrt!«

»Meinst du wirklich, Anatol?«, fragte Desiree.

Der Homolka nickte und kicherte und fand den Vorfall anscheinend sehr amüsant.

»Lach nicht, du Depp«, fauchte Desiree. »Das ist schon die zweite Elternvorladung heute!«

»Beileid, mein Schatz.« Der Homolka versuchte einen seriösen Blick. »Was hast denn eigentlich vom Titus wollen?«

»Die Stingl hätt er besänftigen sollen«, sagte Desiree. »Damit sie die Vorladung zurücknimmt. Das ist ihm schon einmal gelungen!«

Der Homolka nickte mitfühlend. »Aber dein Bruder, mein Schatz, ist nicht im Hause. Der hat sich nach der ersten Stunde entfernt. Zwecks Abholung seiner staatsbürgerlichen Urkunde vom Amte!«

»Schuft, der«, rief Desiree. »Der hat doch seit eh und je schon einen Staatsbürgerschaftswisch!«

»Sowieso.« Der Homolka grinste wieder. »Aber die Mizzi fehlt heute auch. Ich sehe da gewisse Zusammenhänge. Was sich liebt, will beieinander sein. Und im Vormittags-TV spielen sie *Casablanca*!«

Desiree verstand die Zusammenhänge. Vergrämt stellte sie sich vor, wie der Titus und die Mizzi, höchstwahrscheinlich im Pistulka'schen Wohnzimmer, Wange an Wange vor dem TV hockten und fernschauten.

»Dieses Rabenaas«, murmelte Desiree.

»*Such is life with big brothers*«, seufzte der Homolka, und dann erkundigte er sich, warum die Dr. Stingl Desirees Eltern vorgeladen habe, und Desiree erzählte ihm die Sache mit den Deutschschularbeiten. Der Homolka gratulierte Desiree zu ihrem aufrechten Verhalten und erbot sich, ihr am Nachmittag die Deutschschularbeitsverbesserung zu diktieren. »Ich diktier dir einen Familienschmus, der sich gewaschen hat«, sagte er. »Ergreifender als dreizehn Folgen Dallas!«

Desiree ließ den Homolka auf Vater-Mutter-Kind-tot-blind schwören, dass er sein Versprechen halten werde. Der Homolka legte den Eid ab und meinte hinterher: »Aber jetzt renn, die Stund hat schon längst begonnen!«

Desiree lief im Schnellzugstempo in den ersten Stock hinunter. Vor ihrer Klassentür blieb sie stehen und lauschte. Drinnen war es mucksmäuschenstill. Desiree verspürte keine Lust, die Klasse zu betreten, obwohl Mathematik war und Desiree sowohl Mathematik als auch den Mathelehrer mochte. Mit inzwischen elf Minuten Verspätung zum Unterricht zu erscheinen ist keine einfache Sache!

Desiree zögerte noch gut eine Minute, dann betrat sie die Klasse so leise als möglich.

Der Mathe-Berger stand bei der Tafel und schrieb hurtig Zahlen. Desirees Kollegen waren über die Hefte gebeugt und schrieben ebenfalls Zahlen.

Desiree schlich zu ihrem Platz, setzte sich, nahm das Matheheft aus der Tasche, schlug es auf und schrieb emsig von der Tafel ab.

»Er hat dich als fehlend eingetragen«, zischelte die Karin Proksch. »Zuerst hat er gesagt, er wartet noch, aber wie dann schon zehn Minuten um waren, hat er dich eingetragen!«

Desiree hörte zu schreiben auf, warf den Kugelschreiber auf das Heft und rief: »Bitte, Herr Professor, wieso haben Sie mich als fehlend ins Klassenbuch geschrieben? Ich war ja die ganze Zeit in der Schule. Der Maxelmeier hat mich nur aufgehalten!«

Der Mathe-Berger wandte sich von der Tafel ab und

Desiree zu: »Wer meinem Unterricht länger als zehn Minuten fernbleibt, wird eingetragen, das weißt du doch!«

»Aber ich kann doch nichts dafür!«, rief Desiree. »Wirklich nicht! Es ist ja nicht meine Schuld, dass mich der Maxelmeier …«

»Der Herr Professor Maxelmeier«, unterbrach sie der Mathe-Berger.

»… dass mich der Maxelmeier rügt, weil ich im Knabenklo war!«, setzte Desiree fort.

Die Klasse lachte.

»Es ist nur die Wahrheit«, rief Desiree sehr laut, um das Gelächter zu übertönen. »Ehrlich, Herr Professor!«

»Das interessiert mich nicht, Pistulka«, rief der Mathe-Berger noch lauter. »Setz dich und arbeite mit!«

Desiree dachte nicht daran, sich zu setzen. »Bitte, Herr Professor«, rief sie. »Sie wissen doch, dass man von zu Hause eine Entschuldigung bringen muss, wenn man im Klassenbuch als fehlend steht! Was soll denn meine Mama auf die Entschuldigung schreiben? Sie kann doch nicht schreiben, dass mir der Maxelmeier, der Herr Professor Maxelmeier, einen Vortrag über Klohäuseln gehalten hat!«

Der Mathe-Berger schaute Desiree mit einem Kein-Wort-mehr-sonst-setzt-es-was-Blick an, doch Desiree war zu empört, um den Mund zu halten.

»Wirklich wahr, Herr Professor«, fuhr sie fort. »Da könnt mir ja eigentlich nur der Maxelmeier *himself* eine Entschuldigung schreiben, oder?«

»Das ist dein Problem, werte Pistulka!« Der Mathelehrer

drehte sich wieder zur Tafel und begann von neuem, Zahlenreihen hurtig untereinanderzuschreiben.

Desiree fand es nicht richtig vom Mathe-Berger, das Gespräch auf diese Art zu beenden. Das hatte sie nicht verdient! Schließlich war sie die Zweitbeste in Mathematik, schließlich war sie zum Mathe-Berger bisher immer sehr nett und freundlich gewesen. Was an Zuneigung für Lehrer in ihr war, hatte sie ihm entgegengebracht!

Desiree fühlte sich nicht nur ungerecht behandelt, sondern sehr ungeliebt. Sie stampfte empört mit einem Fuß auf und rief: »So reden Sie ja nur, weil Sie keine Antwort wissen!« Dann streckte Desiree die Zunge heraus und machte »bääh«. Dabei traten ihr Tränen in die Augen.

Der Mathe-Berger hielt im Zahlenschreiben inne. Ohne den Blick von der Tafel zu wenden, sagte er: »Liebe Desiree, mir wäre daran gelegen, deinen Vater oder deine Mama in meiner nächsten Sprechstunde zu sehen!«

Desiree setzte sich und starrte mit hochgerecktem Kinn zur Zimmerdecke. Durch diese Kopfhaltung wollte sie die Tränen daran hindern, über die Wangen zu kullern.

»Zwei Vorladungen an einem Tag«, flüsterte die Karin Proksch. »Das ist ein einsamer Rekord!«

»Drei«, sagte Desiree, ohne die Kopfhaltung zu verändern. »Der Maxelmeier auch!«

»Prost Mahlzeit«, flüsterte die Karin Proksch. Desiree konnte nicht entscheiden, ob Schadenfreude oder Mitgefühl aus der Stimme der Karin Proksch zu hören war.

2. Kapitel, *in dem Desiree Pistulka von Anatol Homolka enttäuscht wird und ein Stück Tiefkühlkost einen bitteren Tag ohne jegliches Erfolgserlebnis abscheulich stinkend beendet.*

Am Nachmittag dieses Tages hockte Desiree in ihrem Zimmer und blätterte in uralten Donald-Ducks. Da klingelte es Sturm.

»Titus, mach auf, das ist sicher der Anatol!«, rief Desiree und wartete auf das Scheppern der Kuhglocken, die der Titus an der Innenseite seiner Zimmertür montiert hatte und die, sooft er die Tür aufmachte, einen Heidenlärm schlugen.

Da keine Kuhglocken erklangen, brüllte Desiree wieder »Titus!« – und als sich dann noch immer nichts in der Wohnung rührte, rappelte sie sich seufzend vom Boden hoch und lief zur Wohnungstür.

Sie hatte sich nicht geirrt. Anatol Homolka war es, der Einlass begehrte.

»Artigen Nachmittag, mein Schatz«, sagte der Homolka, kam ins Vorzimmer, nahm Borsalino und Sonnenbrille ab, wickelte den Seidenschal vom Hals und schlüpfte aus der Fliegerjacke.

Desiree nahm ihm die lederne Jacke ab und schnupperte hingerissen an ihr.

»Die riecht wie Pferd«, sagte sie.

»Ist der Titus nicht da?«, fragte der Homolka.

Desiree deutete zum Titus-Zimmer. »Anscheinend hat er sich wieder einmal mit Ohropax verstoppelt«, sagte sie.

Der Anatol murmelte etwas von »sonderlichen Ticks« und nahm den Weg zum Titus-Zimmer. Desiree ging hinter ihm her. Sie sagte: »Seit Mittag schläft er schon. Weil *Casablanca* so ein trauriger Film war. Das muss er überschlafen. Sonst bekommt er Depressionen!«

Als der Anatol Homolka die Tür vom Titus-Zimmer aufmachte, schepperten die sieben Kuhglocken, die mit roten Stricken am oberen Türrahmen befestigt waren, höllisch. Aber der Titus, im Bett zu einer Kugel gerollt, rührte sich nicht. Er schlief und nuckelte am Daumen.

»Aufwachen, Baby.« Der Anatol wollte dem Titus das Ohropax aus den Ohren ziehen. Desiree hielt ihn davon ab und erinnerte ihn an die Deutschverbesserung.

»O.k.«, sagte der Homolka, »dann bringen wir das gleich hinter uns!«

Desiree führte den Anatol in ihr Zimmer. Sie rückte einen zweiten Sessel zum Schreibtisch. Der Homolka schaute sich im Zimmer um und rief entrüstet: »In diesem Raume nicht, mein Schatz! Da fühl ich mich ja wie im Bauch von einem Marzipanschwein, mein Schatz!«

Desiree war daran gewöhnt, dass sich die meisten Leute weigerten, in ihrem Zimmer längeren Aufenthalt zu nehmen, seit sie es – vor einem Jahr – renoviert hatte. Damals war sie von allen Rosatönen begeistert gewesen und hatte darauf bestanden, dass die Wände himbeerfarben angemalt wurden, und den neuen Teppichboden hatte sie schweinskotelettfarben ausgesucht. Und die Vorhänge hatte sie in »Reseda« gewählt. Und die alten Möbel hatte sie eigenhändig babystrampelhosenrosa lackiert und mit orangefarbenen Tupfen – diverser Größen – verziert. Dazu hatte Desirees Oma, die Rosa auch gern mochte, eine lachsfarbene Häkeldecke fürs Bett und acht schweinchenrosa Häkelpolster geliefert. Und der Titus hatte als Geburtstagsgeschenk eine Stehlampe mit kirsrotem Schirm angeschleppt, die glutrosa Licht verstrahlte.

Desiree war inzwischen von ihrem vorjährigen Geschmack selbst nicht mehr recht überzeugt. Eisblau und Aquamarin waren jetzt ihre Lieblingsfarben. Da sie aber von allen wegen der »schweinsrosa Bude« gehänselt wurde, fühlte sie sich verpflichtet, zu dieser zu stehen. Außerdem hätte Desirees Mama Geld für einen neuen Boden und neue Wandmalerei ohnehin nicht herausgerückt.

»Na, tu dir vielleicht was an«, murmelte Desiree, nahm die Füllfeder und das Schularbeitsheft und führte den Homolka ins Wohnzimmer. Sie setzte sich in einen ledernen Ohrensessel, schlug das Heft auf, schraubte die Kapsel von der Feder ab und sprach: »Diktier!«

»Moment, mein Schatz!« Der Homolka legte sich auf das Dreiersofa und stopfte Seidenkissen unter seinen Kopf. »Lies mir einmal vor, was die Stingl so abfällig benotet hat!« Desiree las:

Meine Familie.
Meine Familie besteht aus meiner Mutter, dem Vater, dem Titus und mir. Außerdem habe ich noch einen Opa, eine Oma, einen Großvater, drei Tanten und vier Onkel. Zwei der Tanten sind Schwestern meiner Mutter. Ein Onkel ist der Bruder meines Vaters. Der Rest von Onkeln und Tanten ist durch Heirat zustande gekommen, weil die Schwestern meiner Mutter je zweimal geheiratet haben, der Bruder meines Vaters einmal. Aber die zwei geschiedenen Onkel treten in der Familie nie auf. Von den Onkeln und Tanten stammen fünf Cousinen und vier Cousins ab, die verschieden im Alter sind. Dadurch, dass meine Tante Sonja vor neunzehn Jahren eine Tochter bekommen hat und in ihrer zweiten Ehe vor vier Jahren einen Sohn und die neunzehnjährige Tochter jetzt bald ein Baby bekommen wird, werden wir einen vierjährigen Onkel in der Familie haben. Mein Vater war auch schon einmal verheiratet, bevor er mit uns eine Familie gemacht hat, doch seine erste Ehe war nur kurz und kinderlos. Alimente muss er nicht zahlen. Viele der hier erwähnten Personen kenne ich aber nicht persönlich, weil wir keine Familie sind, die gern in größerem Umfang aufeinandertrifft, und weil etliche Leute, die zu unserer Familie gehören, über das ganze Land verstreut sind.

Der Homolka wieherte los, als Desiree dieses verlesen hatte. »Das ist kein Aufsatz, sondern eine erweiterte Haushaltsliste, mein Schatz«, sagte er.

»Alles Wichtige ist drin«, verteidigte sich Desiree.

»Du zählst nur auf!«, belehrte sie der Homolka. »Du musst schreiben, wie ihr zusammenlebt und so, wie du dich mit dem Titus verträgst und was dein Alter mit dir unternimmt und wie deine Mutter für die Familie sorgt!«

Desiree sagte: »Der Papa unternimmt nichts mit mir und die Mama sorgt nicht. Die Kronberger sorgt, aber die ist nicht Familie, die wird bezahlt. Und wie ich mich mit dem Titus vertrage ...?« Desiree kicherte. »Das kann ich doch nicht aufschreiben. Schimpfwörter sind in Schularbeiten verboten!«

Der Homolka richtete sich auf und stopfte die Seidenkissen unter eine Achsel. »Eine Schularbeit, mein Schatz, hat nicht unbedingt der Realität standzuhalten.«

»Sowieso«, sagte Desiree. »Aber mir fällt eben nichts ein.«

Desiree schrieb *Verbesserung der 6. Schularbeit* ins Heft und forderte: »Diktier schon, Anatol!«

Der Homolka schloss die Augen. »Wann«, fragte er, »habt ihr denn das letzte Mal zusammen etwas unternommen? Damit könnten wir anfangen. Das wär ein Einstieg!«

Desiree kaute am Füllfederhalter. »Wir, alle vier?«

Der Homolka nickte.

Desiree nahm die Füllfeder aus dem Mund und klopfte mit ihr gegen die Stirn, um das Erinnerungsvermögen anzuregen. »Das war – wart einmal –, das war, wie wir beim

Fleckerlteppichweber waren. Vorigen Herbst. Ins Waldviertel sind wir da gefahren. Weil die Mama gedacht hat, sie könnt in ihrem Geschäft solche Fleckerlteppiche verkaufen. Aber dann waren die zu teuer. Nein, nicht zu teuer, zu schmal waren sie. Die Mama wollt quadratische. Aber dazu hat dem Weber sein Webstuhl nicht ausgereicht.«

»Du wirst dich doch wohl noch an was anderes erinnern können als an Fleckerlteppiche«, sagte der Homolka ungeduldig. »Was habt ihr denn sonst noch gemacht? Wart ihr was anschauen? Eine Ausstellung? Eine Ruine? Oder wo fein essen? Oder habt ihr Ball gespielt?«

Desiree schüttelte den Kopf. »Gestritten haben die Alten«, sagte sie. »Und der Papa wär einmal fast in den Graben gefahren vor lauter Wut. Und dann ist die Mama ausgestiegen und mit der Bahn heim. Und hinterher hat sie gesagt, der Titus und ich sind Verräter, weil wir nicht mit ihr ausgestiegen sind.«

»Mein Schatz, das ist nicht die Story, die wir brauchen«, murmelte der Homolka und kratzte sich den Schädel. »Was gibt es denn Erfreuliches, Heiteres, Liebliches, Rührendes, was hin und wieder euer *family life* aufputzt?«

»Willst bei uns einheiraten, Alter, dass du so exakte Informationen einholst?« Titus Pistulka – sichtlich ohne Ohrstoppel – lehnte in schlafzerknautschter Bekleidung in der Wohnzimmertür. Desiree gebot ihm durch heftiges Wacheln, still zu sein, der Titus schüttelte den Kopf, tappte gähnend in den Raum, zum Stereoturm, und drückte die Power-Taste.

»Nein, Titus«, rief Desiree. »Jetzt nicht! Wir machen die Verbesserung von meiner Deutschschularbeit!«

»Das stört doch nicht«, murmelte der Titus und drehte am Volume-Knopferl.

Aus vier Lautsprecherboxen wummerte New-Wave in Fußballstadion-Lautstärke.

Der Homolka sprang auf. »Die Bässe sind total verstellt«, sagte er und machte sich neben dem Titus an den Stereoturmknöpfen zu schaffen.

Desiree klappte das Heft zu, steckte die Feder hinter das linke Ohr, murmelte: »Legt euch doch in den Holzpyjama, ihr Affen«, und verließ das Wohnzimmer.

Wenn der Homolka einmal beim Plattenhören war, das wusste sie genau, war er zu etwas anderem nicht mehr zu gebrauchen. Überhaupt dann nicht, wenn die Platte brandneu war.

Desiree ging in die Küche, holte Butter aus dem Eisschrank, Brot aus der Lade und Marmelade aus der Kredenz, setzte sich zum Tisch, säbelte Brot, schmierte Butter und kleckste Marmelade. Leider kam etwas Marmelade auf das Heft. Desiree schleckte sie vom Hefteinband weg. Dabei wurde sie von ihrer Mama gestört. Die musste, ungehört wegen des New-Wave-Getöses, die Wohnung betreten haben.

»Frisst du Plastik, Wurschtelfrau?«, fragte sie, kam zu Desiree, nahm ihr das Heft aus der Hand und erkannte es als Deutschschularbeitsheft.

»Vier oder fünf?«, fragte sie.

»Fünf«, sagte Desiree.

»Beileid«, sagte die Mama und legte das Heft auf den Tisch. Einen Fünfer zu inspizieren war ihr kein Bedürfnis. Sie angelte sich einen Sessel unter dem Tisch hervor, setzte sich drauf und schnitt eine hauchdünne Scheibe vom Brotwecken.

»Und drei Vorladungen hab ich auszurichten«, sagte Desiree. »Stingl, Maxelmeier und Mathe-Berger.«

Die Mama ließ die hauchdünne Brotschnitte fallen. »Bist du nicht bei Trost?«, rief sie.

»Tut mir leid«, sagte Desiree.

»Was heißt, es tut mir leid?« Die Mama fuhr mit beiden Händen in die goldfischblonden Locken, toupierte sie dieserart und sagte: »Wurschtelfrau, wir haben eine Abmachung! Ich scher mich nicht um deine schulischen Entgleisungen und nehme alle deine Misserfolge gelassen hin. Dafür verschonst du mich mit Lehrerbesuchen. Du weißt, dass ich gegen Lehrer allergisch bin. Und der Papa auch!«

Desiree schwieg.

»Haben die drei Lemuren wenigstens an ein und demselben Tag Sprechstunde?«, fragte die Mama.

»Stingl Montag, Maxelmeier Mittwoch, Mathe-Berger am Freitag«, sagte Desiree.

»Ausgeschlossen, Wurschtelfrau!« Die Mama sprang auf und lief in der Küche auf und ab. Vom Fenster zur Tür, von der Tür zum Fenster und wieder zur Tür. »Wie stellst du dir das vor?«, klagte sie. »Ich kann den Laden doch nicht dreimal die Woche dichtmachen. Nur damit ich mir dreimal ein Lamentazi anhöre. Bis ich vom Geschäft in der Schule und wieder zurück bin, ist der Vormittag futsch! Und wenn ich mir die Schuschi zur Aushilfe nehm, kostet das eine Menge. Und träge, wie die ist, geht mir der Umsatz um dreißig Prozent zurück!« Die Mama blieb beim Tisch stehen, steckte einen Zeigefinger ins Marmeladeglas, rührte in der Marmelade herum, zog den Finger aus dem Glas und schleckte ihn ab. »Was hast denn überhaupt angestellt?«

Desiree leierte, als sagte sie ein auswendig gelerntes Gedicht auf, ihre Verstöße gegen die Schulordnung und die guten Manieren herunter.

»Lehrersorgen möcht ich haben.« Die Mama steckte den Finger wieder ins Marmeladeglas. »Wegen so einem Schas im Wald lass ich nicht dreimal den Rollbalken herunter!«

Die Mama schleckte Marmelade vom Finger, wischte den Finger am Geschirrtuch trocken, zog die Tischlade auf und entnahm ihr einen milchkaffeebraunen Papierbogen mit dem Aufdruck PAULINCHEN-SHOP in der linken oberen Ecke. »Borg mir deine Feder«, verlangte sie.

Desiree reichte ihr die Füllfeder und die Mama füllte das kaffeebraune Blatt mit großen, wohlgerundeten Buchstaben. Desiree versuchte zu entziffern, was die Mama schrieb, aber mehr als »Sehr geehrter Klassenvorstand« konnte sie nicht lesen, weil sie der Mama gegenübersaß und die Buchstaben vor ihr Kopfstand machten.

Die Mama unterschrieb den Brief mit »Hochachtungsvoll Pauline Pistulka« und reichte ihn Desiree. Sie sagte: »So, Wurschtelfrau! Den Wisch gibst du morgen deinem Klassenvorstand. Damit hat sich die Sache!«

Dann verließ die Mama die Küche. Desiree hörte sie »Stell den Plattenspieler leiser, Titus, sonst dreh ich durch!« schreien. Und eine Tür knallte laut. Die New-Wave wummerte weiter.

Desiree legte den kaffeebraunen Brief auf den Tisch und las:

Sehr geehrter Klassenvorstand,
wie mir meine Tochter mitteilt, wünschen mich drei Ihrer Kollegen zu sprechen. Leider bin ich eine berufstätige Frau, die sich den Luxus von Lehrerbesuchen nicht leisten kann. Daher bitte ich Sie, mich bei Ihren Kollegen zu entschuldigen. Falls diese jedoch tatsächlich einer dringlichen Aussprache mit mir bedürfen, mögen sie Mo bis Fr von 8 bis 18 Uhr (exklusive 12 bis 13 Uhr) die Nummer 82 39 17 wählen.
Hochachtungsvoll Pauline Pistulka

Desiree betrachtete das kaffeebraune Blatt ziemlich lange, dann knüllte sie es zusammen und warf es – gut gezielt – in den Mistkübel. »Gute Frau, du hast doch keinen Schimmer, wie man mit Lehrern umgeht«, sagte sie leise.

Hierauf bestrich Desiree noch drei Brote mit Butter, und weil sie keine Lust mehr auf Marmelade hatte, belegte sie die Brote mit Salzgurkenscheiben. Mit den Gurkenbroten und einer großen Gingerale-Flasche zog sie sich in ihr Zimmer zurück und ordnete die am Boden verstreuten Donald-Ducks nach Nummern und Jahrgängen. Lustlos mampfte sie dabei die Brote und trank die Gingerale-Flasche leer, weil Salzgurken durstig machen. Ein paar Mal hörte sie die Wohnungstür ins Schloss fallen. Und irgendwann einmal hörte das New-Wave-Gewummer auf.

Als Desiree die Donald-Ducks, säuberlich geordnet, wieder im Regal verstaut hatte, legte sie sich aufs Bett und atmete tief. Ihr war speiübel. Die Salzgurken vertrugen sich mit der Marmelade im Bauch nicht. Und die Kohlensäure vom Gingerale protestierte gegen den Salzgurken-Marmeladestreit.

Gegen acht Uhr erst beruhigte sich Desirees Magen. Desiree stand auf und suchte die Wohnung nach Familienmitgliedern ab.

Im Wohnzimmer fand sie einen riesigen Schallplattenhaufen ohne Hüllen. Im Zimmer von Titus zeugten offene Schranktüren und herumliegende Klamotten davon, dass sich der Titus ausgehfein bekleidet hatte und ihm die Auswahl der Kleidungsstücke Schwierigkeiten gemacht hatte. Im Zimmer der Mama war auf der seidenen Bettdecke ein Sammelsurium aus Taxirechnungen, Benzinrechnungen, Kleingeld, Tabakbrösel, Papiertaschentüchern und Pillenpackungen. Das bedeutete, dass die Mama ihre große Handtasche am Bett entleert hatte und eine kleine Auswahl vom Entleerten in eine andere Tasche getan hatte. Und das wiederum hieß üblicherweise, dass die Mama »vornehm« ausgegangen war. Nur wenn die Mama »vornehm« ausging, verzichtete sie auf ihre große, schäbige Alltagshandtasche und tauschte sie gegen ein winziges Lacktäschchen.

Im Badezimmer fand Desiree ihren Verdacht bestätigt. Es roch dort stark nach Parfüm und Puderstaub, Lidschattenbrösel waren im Waschbecken und grünblaurot verschmierte Kleenextücher lagen auf dem Kachelboden. Mit so viel Farbe arbeitete die Mama nur zu besonderen Anlässen!

Desiree murmelte: »Armes Schwein ist ganz allein, möchte gern gesellig sein«, und schraubte Verschlüsse auf Tuben und steckte Kapseln auf Stifte und hob Kleenextücher auf und warf sie in den Abfalleimer. Sie beschloss, sich einen üppigen Fernsehabend zu gönnen.

Leider war das TV-Programm an diesem Abend nicht nach Desirees Geschmack. Auf Kanal 1 röhrten falsche Volksmusikanten und dazwischen machte einer anzügliche, ordinäre Witze. Auf Kanal 2 rollte ein Hollywood-Drama mit Tränen ab, und auch die vier anderen Programme, die Desiree – gut verkabelt, wie die Pistulka-Wohnung war – eintippen konnte, strahlten nur sauren Mist aus. Desiree tippte von Kanal zu Kanal und mischte sich einen Kopfsalat abscheulichster Art, aber bald hatte sie diese nervtötende Beschäftigung auch satt. Sie schaltete den Fernseher ab und suchte in der Küche nach Essbarem, obwohl sie keinen Hunger hatte und in ihrem Bauch noch immer ein bisschen vom unguten Salzgurken-Marmelade-Gefühl war.

Im Eisschrank lag nichts, was Desiree zum Hineinbeißen animierte. Hinter dem Schranktürl, wo sonst Schokolade und Keksschachteln waren, befand sich bloß ein Aschantibeutel. Aschanti waren Desiree ein Graus. Nicht einmal ein Kipferl war in der Brotdose. Desiree fiel ein, dass die Frau Kronberger gestern, bevor sie heimgegangen war, gesagt hatte, sie habe drei Hühner gebraten und als Notvorrat eingefroren.

Zartes Brathendl, fand Desiree, müsste ihrem malträtierten Bauch wohltun. Sie nahm eines der plastikverpackten Dinger aus der Kühltruhe, riss das Plastik vom steinharten Vieh, schob es ins Backrohr und drehte den Grill auf, um den Tauprozess zu beschleunigen. Dann kehrte sie ins Wohnzimmer zurück, nahm einen STERN, legte sich mit ihm aufs Dreiersofa und blätterte in der Illustrierten. Der Fortsetzungsroman war bei Folge acht. Desiree fing ihn trotzdem zu lesen an. Dabei gähnte sie, und bevor sie die dritte Spalte gelesen hatte, war sie eingeschlafen.

Munter wurde Desiree durch eine laute Stimme und viel kalte Luft. Die laute Stimme gehörte ihrem Vater, der rief unentwegt: »Was ist denn das für eine Sauerei!« Die kalte Luft kam durch die drei sperrangelweit offenen Wohnzimmerfenster.

Desiree fuhr hoch und blinzelte. Das Wohnzimmer war voll Rauchschwaden, die zum Fenster hin zogen. Auch im Vorzimmer war Rauch. Und im Zimmer vom Papa. Und der Papa galoppierte in der Wohnung herum, zog Gardinen zur Seite und wachelte Rauch zu Fenstern hinaus und fluchte. Desirees schlaftrunkenes Hirn war verwirrt und fand keine Erklärung für diese absonderliche Situation. Doch dann, ein wenig mehr munter geworden, merkte sie, dass es auch entsetzlich stank.

»Oh, du Hölle«, flüsterte sie und schaute auf die Uhr. Es war zehn Minuten nach Mitternacht, und das hieß, dass sie das Brathendl vor dreieinhalb Stunden ins Rohr geschoben hatte!

Der Papa erschien in der Tür zum Vorzimmer, warf Desiree eine Decke zu und rief: »Wickel dich ein, Wurschtelfrau, sonst verkühlst dich!« Hierauf eilte er wieder wachelnd durch die Räume. Desiree legte die Decke um die Schultern. »Mist, verdammter«, murmelte sie, und dann schaute sie erschrocken, weil von der Küche her enormes Geschepper kam. Porzellan, das auf Steinen zerschellt, hört sich so an.

Desiree lief in die Küche. Der Küchenboden war mit Scherben übersät. Der Luftzug, vom Küchenfenster durch die Küche, durchs Vorzimmer, durchs Wohnzimmer und zu den Fenstern hinaus, hatte Mamas Krügesammlung vom Regal geweht. Sündteure, uralte Krüge waren das gewesen. Die Mama hatte sie sehr lieb gehabt.

Desiree traten Tränen in die Augen, und als sie dann noch den kohlrabenschwarzen Klumpen sah, der einmal ein Brathendl gewesen war, und die schwarz verkrustete Pfanne, in der der Klumpen lag, fing sie zu schluchzen an.

»Heul nicht wie ein Schlosshund, es ist ja nichts passiert!« Der Papa führte Desiree liebevoll in ihr Zimmer.

»Aber die Krüge«, heulte Desiree.

»Scheiß auf die Krüge«, sagte der Papa.

»Die Mama wird bös sein«, heulte Desiree. Und dann

schluchzte sie eine lange Verteidigungsrede: Dass sie Hunger gehabt habe und im Eiskasten nichts Brauchbares gewesen sei und dass man ein Hendl doch nicht gefroren essen könne. Und dass sie sich gar nicht erklären könne, wieso sie eingeschlafen sei.

»Jetzt leg dich ins Bett und schlaf«, sagte der Papa. »Es ist halb eins! Um diese Zeit sollst du schöne Träume haben und nicht heulen!«

Desiree befolgte den väterlichen Ratschlag, zog sich aus, stieg ins Bett und zerrte die Decke über den Kopf. Sie schluchzte nicht mehr, aber sie kam sich sehr trostlos vor. Der Papa knipste das Licht aus und ging aus dem Zimmer.

Desiree konnte nicht einschlafen. Sie wälzte sich im Bett hin und her. In der Küche schepperte es. Anscheinend kehrte der Papa die Scherben auf. Dann hörte Desiree jemanden die Wohnungstür aufsperren und danach die Stimme vom Titus: »Da stinkt's ja zum Himmel! Das ist ja zum kreuzweis Kotzen!«

Titus-Schritte kamen an ihrer Tür vorbei, wanderten in Richtung Küche. Die Titus-Stimme sagte: »Mensch, Alter, kochst du Knochenleim?«

Die Papa-Stimme sagte: »Nein, bewahre! Deine Schwester hat Huhn aufgetaut!«

»Trampel, der«, sagte die Titus-Stimme.

Die Papa-Stimme antwortete: »Man kann halt von einem Kind nicht verlangen, dass es sich selber verköstigt!«

»Was schaust denn dabei mich so an«, rief die Titus-Stimme. »Soll ich vielleicht bei ihr Kinderfrau spielen?«

»Gott bewahre«, sagte die Papa-Stimme. »Dass du selber ein Kindermädel brauchen tätest, merk ich. Eins, das dich rechtzeitig ins Bett schickt. Morgen ist Schule.«

Außer den Stimmen vom Titus und vom Papa hörte Desiree noch etwas. Ihren Magen hörte sie knurren. Desiree wusste aus Erfahrung, dass sie mit knurrendem Magen absolut nicht einschlafen konnte. Aber solange der Titus und der Papa in der Küche waren, wollte Desiree diesen Raum nicht betreten. Sie hatte – für heute – von Familienangehörigen genug! Desiree legte beide Hände auf den knurrenden Magen und wartete, dass der Papa und der Titus das unerfreuliche Gespräch beenden und die Küche verlassen würden.

Aber die zwei dachten gar nicht daran. Sie keiften aufeinander los. Der Titus behauptete, er sei alt genug, um seine Sandmännchenzeit selbst zu bestimmen, und außerdem habe er ein übles Beispiel an seinen Eltern. Die müssten auch jeden Morgen in aller erbärmlichen Frühe aus den Federn und gingen trotzdem immer nach Mitternacht in die Hapfen. Der Papa erwiderte, es ginge einen Sohn gar nichts an, wann der Vater zu Bett gehe. Außerdem brauche ein junger Körper mehr Schlaf als ein völlig erwachsener fünfundvierzigjähriger Leib. Und ferner habe er, der Papa, bis vor einer Stunde hart gearbeitet, während er, der Titus, aus bloßer Vergnügungssucht, aus Jux und Tollerei, wach geblieben sei! Hierauf bezweifelte Titus die Nachtarbeit vom Papa und wies auf einige Kneipen hin, in denen der Papa – angeblich – regelmäßig gesehen wurde.

Der Papa verwahrte sich gegen diese Unterstellung und sagte, der Titus verstehe eben nichts von seinem komplizierten Beruf und wisse nicht, dass auch Gespräche in Kneipen und Bars berufliche Verpflichtungen sein könnten. Der Titus fand das zum Lachen und lachte blechern drauflos, und der Papa schrie, der Titus möge endlich verduften, und der Titus schrie, er wüsste gar nicht, was er lieber täte. Und dann knallte eine Tür, und weil gleich dahinter eine zweite Tür knallte, vermutete Desiree, dass die beiden Herren nun endlich den Rückzug in ihre Zimmer angetreten hatten. Sie knipste die Nachttischlampe an, stieg aus dem Bett und ging in die Küche. Die Küche war frei von männlichen Pistulkas. Dass trotzdem alle Lichter in der Küche brannten, hatte nichts zu besagen. Verärgerte Pistulkas pflegen nie ans Energiesparen zu denken.

Desiree holte den Aschantibeutel aus dem Schrank und eine Flasche Mineralwasser aus dem Eiskasten. Sicher wäre sie wieder unentdeckt in ihr Zimmer gelangt, wenn nicht Desirees Mama – gerade als Desiree das Vorzimmer durchquerte – heimgekommen wäre.

»Aber Wurschtelfrau!«, rief die Mama entsetzt. »Wieso bist du senkrecht! Es ist ein Uhr vorbei!« Dann rümpfte die Mama die Nase. Sie schnupperte. »Was stinkt denn da so hundserbärmlich?«, fragte sie.

Desiree berichtete in knappen Worten, wieso sie noch munter war und warum es so stank. Die kaputten Krüge erwähnte sie nicht.

Die Mama sagte, man müsse lüften. Desiree sagte, der

Papa habe schon gelüftet. »Aber anscheinend zu wenig«, sagte die Mama. »Der Kerl hat ja keine Nase!«

Die Mama marschierte durch die Wohnung und riss Fenster auf. Desiree verzog sich in ihr Zimmer. Sie machte sich angewidert über die Aschanti her und spülte sie mit Mineralwasserschlucken hinunter. Sie hörte den Papa brüllen: »Spinnst du, Paula? Hast du nicht alle? Was reißt du mir die Fenster auf?«

Was die Mama antwortete, konnte Desiree nicht verstehen, aber es musste etwas Unfreundliches gewesen sein, denn der Papa schrie: »Ich bitt dich, lass mich in Frieden! Ich bin zu müde zum Streiten! Ich will schlafen! Und zwar bei geschlossenen Fenstern!«

Desiree putzte Aschantibrösel von der Bettdecke, trank einen allerletzten Schluck Mineralwasser und knipste die Nachttischlampe aus. Sie drehte sich auf den Bauch und zog ein Bein an. Das war ihre Lieblingseinschlafhaltung. Sie schloss die Augen und ließ Schäfchen über den Zaun springen und zählte die Schäfchen ab. Beim dreihundertsiebenundvierzigsten Schäfchen schlief sie ein.

3. Kapitel, *in dem Desiree Streit mit ihrem Bruder Titus hat und vom Thomas Haberkorn in Versuchung geführt wird, der sie nicht widerstehen kann, obwohl sie fürchterliche Folgen ahnt.*

Am Samstag, der dem verunglückten Freitag folgte, wurde Desiree nicht vom Üb-immer-Treu-Gesumse ihres Musikweckers wach, sondern durch schrilles Telefonklingeln. Im Marzipanschweinbauch war es noch dunkel. Desiree blinzelte nach den Leuchtziffern des Weckers. Fünf Uhr war es. Da Desiree sicher war, dass ein derart früher Anruf nicht ihr gelten konnte, sah sie keinen Anlass, zum Telefon zu gehen. Aber anscheinend fühlte sich auch kein anderer Pistulka betroffen. Desiree dachte: Der Titus hat seine Ohropax eingestöpselt, die Mama liegt wahrscheinlich im Schlaftabletten-Tiefschlaf, und die Tür vom Papa ist so dick gepolstert, dass er das Klingeln nicht hört! Und dann dachte sie: Aber der Klingler muss etwas Wichtiges wollen, sonst hätte er doch längst aufgelegt! Vielleicht ist ja etwas mit dem Großvater. Oder mit der Oma. Oder dem Opa!

Dieser Gedanke trieb Desiree aus dem Bett. Schlaftrunken wankte sie aus ihrem Zimmer und stieß sich den Schädel am Türpfosten. Im Vorzimmer fand sie sich besser zurecht, weil das Küchenlicht noch immer brannte und auch das Vorzimmer matt erhellte. Jedoch auf dem Telefontischchen lagen bloß das Abendtäschchen und die roten Handschuhe der Mama. Desiree gähnte und sagte sich, das Telefon könne trotzdem nicht allzu weit entfernt sein, weil das Telefonkabel ja bloß fünf Meter lang war. Desiree rieb sich die Augen, um besser sehen zu können, und stellte fest, dass das Telefonkabel vom Wandkasten quer durch das Vorzimmer lief und hinter der halb offenen Klotür verschwand. Desiree tappte ins Klo, ließ sich auf die Muschel plumpsen und griff nach dem Telefonhörer.

»Pistulka«, stöhnte sie in die Sprechmuschel.

Am anderen Ende der Leitung war eine Frauenstimme, die klang aufgeregt und sagte einen Namen, den Desiree nicht verstand. Dann sagte die Frauenstimme, sie entschuldige sich für die frühe Störung, aber sie wisse vor Sorge nicht aus und auch nicht ein, ihre Tochter sei nämlich – und da fing die Stimme zu schluchzen an – seit gestern in der Früh nicht nach Hause gekommen.

Desiree war erleichtert, dass der Anruf nichts mit dem Opa, der Oma oder dem Großvater zu tun hatte. Außerdem war ihr nicht klar, was die weinende Frau von ihr wollte.

Wenn ich die verlorene Tochter kennen würde, überlegte Desiree, hätte ich den Namen der Frau verstanden. Den hab ich bloß nicht verstanden, weil er mir unbekannt war. »Wer ist denn bitte Ihre Tochter?«, fragte Desiree und kam sich dabei ziemlich unbeholfen vor.

Da fing die Frau noch einmal ganz von vorne zu erklären an. Jetzt verstand Desiree, dass sie mit der Mutter von Marie-Theres, auch Mizzi genannt, sprach und dass die Mizzi seit gestern früh verschollen war und dass die Mutter beim Titus anfragen wollte, ob der Titus etwas von der Mizzi wisse. Die Mizzi-Mutter sagte, sie habe bereits bei ein paar anderen aus der Klasse angerufen und eine ehemalige Freundin der Mizzi habe ihr angedeutet, dass der Titus Pistulka noch am ehesten Bescheid wissen müsse.

»Einen Moment«, sagte Desiree. »Ich hole meinen Bruder!«

»Das ist lieb von dir«, schluchzte die Mizzi-Mutter.

Desiree lief zum Titus-Zimmer. Die Kuhglocken schepperten höllisch. Desiree drehte das Deckenlicht auf, packte den Titus an den Schultern und rüttelte ihn und rief: »Die Mutter von der Mizzi ist am Telefon!«

Der Titus wurde wach, starrte entsetzt, verstand aber – wegen der Ohrstoppeln – keinen Ton. Desiree ließ die Schultern vom Titus los und zog an den Bindfäden der Ohrstoppeln. Die himmelblauen Ohropaxstöpsel flutschten aus den Ohrmuscheln vom Titus.

»Beeil dich, die Mizzi-Mutter weint am Telefon«, sagte Desiree. »Weil die Mizzi futsch ist. Sie macht sich Sorgen!«

Der Titus traf keine Anstalten, aus dem Bett zu steigen. »Sag ihr, dass ich keine Ahnung hab«, murmelte er und wollte sich zur Wand drehen.

»Aber du weißt doch was!«, rief Desiree. »Gestern Vormittag war sie doch bei uns hier. Ihr habt *Casablanca* angeschaut! Wie ich von der Schule gekommen bin, ist sie gerade aus dem Haus gegangen!«

»Das geht ihre Mutter nichts an«, murmelte der Titus.

»Wenn sie doch Angst hat!« Desiree beutelte den Titus wieder. Der Titus reagierte nicht.

Da rief Desiree: »Wenn du jetzt nicht zum Telefon gehst, dann geh ich hin und sag der Mizzi-Mutter, dass die Mizzi gestern da war!«

»Trampel, blöder«, brüllte der Titus, sprang aus dem Bett und rannte aus dem Zimmer. »Wo ist denn das Scheißtelefon«, rief er vom Vorzimmer her.

»Im Klohäusel steht es!«, rief Desiree und folgte dann dem Titus, um zu hören, was er der Mizzi-Mutter erzählte. Viel verstand sie allerdings nicht, denn der Titus hatte die Klotür zugemacht und die meiste Zeit redete anscheinend die Mizzi-Mutter. Vom Titus hörte Desiree nur »Na ja« und »Weiß ich wirklich nicht« und »Tut mir leid«.

Desiree klopfte an die Klotür und flüsterte: »Titus, sag ihr, was du weißt! Titus, du weißt doch sicher was!«

Titus Pistulka blieb von den schwesterlichen Ermahnungen unbeeindruckt. Desiree hörte ihn noch einmal »Tut mir leid« sagen, dann kam der Titus aus dem Klo heraus. Er brüllte Desiree an, sie möge sich gefälligst nicht in seine Angelegenheiten mischen und solle sich verziehen, sonst könne er sich dazu hinreißen lassen, ihr eine zu schmieren.

Desiree brüllte zurück, dass es keine Kunst sei, kleine Schwestern zu ohrfeigen. »Aber ich schwör dir«, schrie sie, »ich ruf die Mizzi-Mutter an und sag ihr, dass die Mizzi gestern Vormittag hier war.«

Da lenkte der Titus ein. »Schau, Wurschtelfrau«, sagte er, »du weißt doch null Komma Josef! Lass die alte Schachtel blöd sterben. Jetzt tut sie sorgenvoll und heult! Aber lass dir einmal von der Mizzi erzählen, was der Zank sonst aufführt!«

Desiree benagte ihre Unterlippe und überlegte, ob sie ihr Mitleid nicht vielleicht doch an eine falsche Person vergeudete, und kam zu dem Ergebnis, dass dies nicht der Fall sein könne. Die weinende Mizzi-Mutter, entschied Desiree, verdiente ihr Mitgefühl, weil die Angst und der Kummer in der Telefonstimme echt gewesen waren. Und daher, meinte Desiree, komme es im Moment gar nicht so sehr darauf an, ob die Mizzi-Mutter sonst ein Zank war oder eine nette Frau.

»Wo ist denn die Mizzi?«, fragte Desiree. »Sie muss doch wo schlafen?«

»Das geht dich einen Schmarrn an!«, sagte der Titus.

Desiree schaute ihn drohend an. Mit einem Blick, der sagte: Reiz mich nicht, ich kann dir Schwierigkeiten machen!

Der Titus sagte: »Im Zug ist sie!«

»Wohin fährt der Zug?« Desiree behielt den Drohblick bei.

»Nach Spanien! Die Mizzi fährt zu ihrem geschiedenen Vater. Weil sie es hier nimmer aushält! Und jetzt rutsch mir den Buckel runter!« Der Titus wollte in sein Zimmer zurück. Desiree hielt ihn an der Pyjamahose fest.

»Wenn sie schon im Zug ist«, sagte sie, »kannst du das doch der Mutter sagen, damit sie sich keine Sorgen mehr machen muss!«

»Nicht bevor sie über alle Grenzen drüber ist, du Dodel«,

sagte der Titus. »Sonst verständigt die Alte die Polizei und man nimmt sie an der Grenze fest.«

Desiree verstand das. Nur warum die Mizzi gerade jetzt zu ihrem Vater nach Spanien fuhr, verstand sie nicht. Schließlich waren bald Ferien. Die paar Wochen, fand Desiree, hätte die Mizzi doch abwarten können. »Wieso, Titus ...«, begann Desiree, doch der Titus riss seinen Hosenboden aus Desirees Faust, murmelte: »Scher dich um deinen eigenen Kram«, und verschwand unter enormem Kuhglockengeschepper in seinem Zimmer.

Desiree fühlte sich matt und müde. Sie wanderte in ihr Bett zurück und versuchte einzuschlafen, doch das gelang ihr nicht, weil sie an die Mizzi denken musste und sich zu erinnern versuchte, was sie vom Titus alles schon über die Mizzi gehört hatte. Desiree fiel ein, dass der Titus einmal von einem Hotel am Meer erzählt hatte, das dem Vater der Mizzi gehörte. Es fiel ihr auch ein, dass die Mizzi-Mutter ein zweites Mal verheiratet war und dass die Mizzi zwei kleine Brüder hatte. Der eine ging in die 1 B. Den kannte Desiree vom Sehen, weil die 1 B gleich neben ihrer Klasse war.

Um viertel sieben war Desiree immer noch munter und beschloss, es sei sinnlos, noch ans Einschlafen zu denken. Weil der Papa und die Mama gegen halb sieben aufzustehen pflegten, begab sich Desiree in die Küche und machte Frühstück. Tee für die Mama, Kaffee für den Papa. Sogar Orangensaft presste sie. Und den Tisch deckte sie mit einem Tischtuch und den schönen Tassen, die sonst nur genommen wurden, wenn Besuch kam.

Um halb sieben ratschte im Zimmer der Mama der Wecker. Als die Mama knapp vor drei viertel immer noch nicht aus ihrem Zimmer gekommen war, ging Desiree zu ihr, stupste sie an der Schulter und sagte: »Mama! Es ist schon drei viertel! Ich hab Frühstück gemacht!«

Die Mama fuhr entsetzt hoch. »Ist das Bad frei?«, fragte sie. Sie sprang aus dem Bett und lief ins Badezimmer. Desiree wieselte hinter ihr her, weil sie dachte, die verschlafene Mama habe die Frühstückseinladung überhört.

»Wasch dich später«, sagte Desiree. »Sonst wird alles kalt. Ich hab nämlich Frühstück gemacht!«

Die Mama stützte sich mit beiden Händen aufs Waschbecken und beschaute gähnend ihr make-up-verschmiertes Gesicht.

»Wieso hast du Frühstück gemacht?« Die Mama nahm einen Tiegel und schmierte vom Schaum, der im Tiegel war, enorme Mengen auf ihr Gesicht.

Da Desiree den tieferen Grund ihrer gut gemeinten morgendlichen Dienstleistung selbst nicht kannte, schwieg sie.

Die Mama verteilte den weißen Schaum mit kreisenden Bewegungen im Gesicht. »Siehst du wo die Kleenex?«, fragte sie.

Desiree stellte die Schachtel mit den Zellstofftüchern auf den Waschbeckenrand. Die Mama zog ein Tuch heraus und wischte weißen Belag vom Gesicht. Das Tuch färbte sich grün-rosa-grau-blau.

»Ich hab verschlafen, ich hab zum Frühstücken wirklich

keine Zeit, Wurschtelfrau«, sagte die Mama. »Aber es wär grandios, wenn du mir eine Tasse Tee herbringen würdest!«

»Kein Ei? Keinen Toast? Keinen Saft?«, fragte Desiree.

»Nur Tee, bitte.« Die Mama schüttete himmelblaue Lotion auf ein Kleenextuch und betupfte damit ihr Gesicht.

»O.k.«, murmelte Desiree und begab sich in die Küche. Bei der Küchentür traf sie auf den Papa. Der kam aus dem Klo.

»Ist das Bad frei?«, fragte er.

»Die Mama ist drinnen«, sagte Desiree.

Desiree wollte den Papa zum Frühstück einladen, doch bevor sie ein Wort sagen konnte, war der Papa schon im Bad.

Desiree füllte eine Tasse mit Tee und tat Kandis und Zitrone hinein und trug die Tasse zum Badezimmer.

Der Papa saß in der Badewanne, hatte die Brause in einer Hand und sagte: »Ab drei viertel gehört das Bad mir!«

Die Mama stand vor der Badewanne. Ihr Nachthemd war nass getupft von der spritzenden Brause. Sie zog das nass getupfte Hemd etwas vom Leib und zischte: »Schau dir das an, du bist rücksichtslos! Wirklich!«

»Ab drei viertel gehört das Bad mir«, wiederholte der Papa und hantierte dabei so unvorsichtig mit der Brause, dass der Brausestrahl einen Moment lang direkt auf das Gesicht der Mama gerichtet war.

»Trottel!«, schrie die Mama und sprang zurück. Von ihren Stirnfransen tropfte Wasser, die Vorderfront vom Nachthemd klebte klitschnass auf ihrem Bauch.

»Ab drei viertel gehört das Bad mir«, sagte der Papa.

Die Mama raffte Tuben, Stifte, Kämme und Tiegel zusammen, presste sie an ihren nassen Busen und lief an Desiree und dem Tee vorbei in ihr Zimmer. Der Papa brüllte hinter ihr her: »Ab drei viertel gehört das Bad mir!«

Desiree kehrte mit der Teetasse in die Küche zurück. Der Titus saß beim Frühstückstisch und fragte mampfend: »Wieso gibt's heut Frühstück?«

»War nur so eine Idee«, sagte Desiree. »Aber sie war für den Hugo.«

Der Titus köpfte ein Ei. »Aber nein. Kannst ruhig jeden Tag machen, Wurschtelfrau.«

Desiree schnitt dem Bruder ein Gesicht und trank vom Tee, der für die Mama bestimmt gewesen war.

»Kann ich mich drauf verlassen, dass du den Mund hältst wegen der Mizzi?«, fragte der Titus. »Es wär mir nämlich angenehm, wenn keiner weiß, dass ich was weiß!«

Desiree nickte.

An der Küchentür eilte die Mama, jetzt in Slip und BH, vorbei. Gleich darauf hörte man sie an die Badezimmertür hämmern und rufen: »Mach auf, Fritz! Ich brauch die Wimperntusche!«

Der Titus fragte: »Seit wann verriegelt sich der Alte?«

»Sie streiten«, sagte Desiree.

»Mach sofort die Tür auf, sonst tret ich sie ein!«, hörte man die Mama rufen.

»Punkt sieben, nicht eher.« Das war die Stimme vom Papa; etwas undeutlich, weil mit Wassergeriesel vermengt.

»Der Alte hat vielleicht Nerven!« Der Titus schloss die Küchentür. »Wenn ich schon einmal ein Fünf-Sterne-Frühstück krieg, lass ich mir's doch nicht durch dieses Affentheater versauen!« Dann kehrte der Titus zum Frühstückstisch zurück und fraß alles auf und trank alles leer, was Desiree für vier Personen bestimmt hatte. Dabei versprach er Desiree – als Tauschgeschäft für das Frühstück und ihre Verschwiegenheit in Sachen Mizzi – bei der Stingl und dem Maxelmeier ein paar gute Worte einzulegen. Für den Mathe-Berger fühlte er sich nicht zuständig, denn der konnte den Titus Pistulka seit eh und je nicht ausstehen.

Desiree hörte dem Bruder bloß mit halber Aufmerksamkeit zu, weil sie andauernd auf Geräusche aus dem Vorzimmer lauschte. Dort spielte sich allerhand Unerfreuliches ab. Gekeife und Gezeter waren zu hören. Desirees Badezimmertermin war der zwischen sieben Uhr und sieben Uhr fünfzehn. Obwohl es schon ein paar Minuten nach sieben Uhr war, blieb Desiree in der Küche. Sie hatte keine Lust, den Vorzimmerstreit zu durchqueren.

Das Gekeife und Geschrei im Vorzimmer währte bis viertel acht, dann knallten etliche Türen und dann trat – bis auf Schritte im Vorzimmer – Ruhe ein.

»Du kannst das Bad haben«, sagte der Titus. »Ich geh dann später rein.«

Desiree schaute den Bruder an. Sattgegessen lümmelte er beim Tisch und bohrte in der Nase. Desiree kam ein Verdacht. Sie fragte: »Willst du schon wieder die Schule schwänzen?«

»Nicht so laut, Wurschtelfrau!« Der Titus deutete zum Vorzimmer.

»Du gehst heute in die Schule!«, sagte Desiree. »Weil du mir versprochen hast, dass du mit der Stingl und dem Maxelmeier redest!«

»Mach ich am Montag«, sagte der Titus.

»Nein«, rief Desiree. »Am Montag hat die Stingl schon Sprechstunde, da ist es zu spät!«

Der Titus schüttelte den Kopf. »Ich versteh überhaupt nicht, warum du dich so aufführst«, sagte er. »Sag doch einfach der Stingl, dass du es der Mama gesagt hast und dass die Mama gesagt hat, dass sie keine Lust auf die Schule hat!«

»Das sag ich nicht«, rief Desiree. »Das geht die Stingl nichts an. Und die in der Klasse auch nicht.«

»Du hast ja eine Meise.« Der Titus lachte. »Was glaubst denn, dass ich der Stingl sag?« Der Titus tippte sich gegen die Stirn. »Auf total wohlstandsverwahrlostes Kind mach ich! Das wirkt!«

»Ich bin kein wohlstandsverwahrlostes Kind«, rief Desiree. Sie lief aus der Küche. Bei der Garderobe stand die Mama und schlüpfte in den Mantel.

»Ich muss rennen, Wurschtelfrau«, sagte sie. »Zu Mittag treff ich mich mit der Schuschi. Im *Da Claudio*. Zum Pizzaessen. Magst auch hinkommen?«

Desiree mochte zwar Pizza sehr gern, aber die Schuschi, die Freundin der Mama, konnte sie nicht ausstehen.

»Na, überleg dir's halt!« Die Mama winkte Desiree kurz

zu, setzte den schwarzen Hut mit der großen Krempe auf und wollte zur Tür raus.

»Du hast noch die Hausschuhe an«, sagte Desiree.

Die Mama lachte, schleuderte die Patschen von den Füßen und stieg in die Stöckelschuhe. Sie stöhnte kurz auf, anscheinend drückten die Schuhe, dann war sie zur Tür hinaus.

Das Badezimmer war in dem Zustand, in dem es Pistulka senior stets zurückließ: Badetuch nass auf dem Boden, Zahnpastaspritzer am Spiegel, geschorene Bartstoppeln im Waschbecken, Rasierapparat am Kabel vom Beckenrand baumelnd. Wie jeden Morgen murmelte Desiree: »Sauerei, verdammte«, und weil sie den Papa gerade im Vorzimmer herumgehen hörte, rief sie: »Musst du mir immer so einen Saustall hinterlassen?«

Der Papa, schon im Trench, mit dem Aktenkoffer unter dem Arm, kam zur Badezimmertür. »Dafür zahl ich die Kronberger«, sagte er. »Die putzt meinen Dreck weg!«

»Aber ich muss nach dir da sein«, fauchte Desiree. »Ich hab nichts davon, wenn die Kronberger um zehn kommt!«

»Sei nicht so streng, Wurschtelfrau«, sagte der Papa. »Ein keifendes Weib pro Morgenstund reicht mir!« Dann sagte der Papa noch: »Mach's gut, Wurschtelfrau!« – und dann war er aus der Wohnung draußen.

Desiree schaute auf die Uhr und sah, dass es schon halb acht vorbei war, und da sie es lächerlich fand, an einem Tag, an dem sie um fünf Uhr erwacht war, schließlich doch zu spät in die Schule zu kommen, spritzte sie bloß ein wenig Wasser ins Gesicht, fuhr hurtig mit dem Kamm durch die

Haare, sauste in ihr Zimmer, zog sich im Rekordtempo an, nahm die Schultasche und rannte aus dem Haus. Dass sich in der Schultasche noch der für die gestrigen Unterrichtsstunden nötige Kram befand, störte sie nicht.

Desiree schaffte es, knapp nach dem Läuten und knapp vor der Englischlehrerin die Klasse zu betreten. Die Englischstunde über verschnaufte sie, erschöpft vom Endspurt zum Schulhaus. Immerhin hatte sie einen Weg, zu dem sie sonst an die zwanzig Minuten brauchte, in kaum zehn Minuten zurückgelegt.

In der zweiten Stunde – Religion war – döste Desiree vor sich hin. Sie war unheimlich müde. Gegen Ende der Stunde schlief sie ein. Die Karin Proksch weckte sie auf, weil sie in Sorge war, Desiree könne im Schlaf vom Sessel kippen. »Du hast schon so komisch gewackelt«, sagte sie.

Die dritte und die vierte Stunde war Zeichnen. Im Zeichensaal saß Desiree neben dem Thomas Haberkorn. Weil sie ihre Malsachen nicht mithatte, borgte ihr der Thomas einen Pinsel und ließ sie von seinen Farben nehmen. Sie malten eine »Wunderblume«. Desiree war keine geschickte Malerin. Sie malte zu nass und wartete nie, bis die Flecken aufgetrocknet waren, sondern kleckste gleich eine andere Farbe daneben. Und dann liefen die Farben ineinander über und aus dem grellsten Rot und dem blitzendsten Blau wurde nichts als eine hässliche braune Soße. Dem Thomas ging es nicht viel besser beim Malen. Aber den störte das nicht, weil er ziemlich farbenblind war.

Während der Thomas lustlos an seiner Wunderblume herumfärbte, erzählte er Desiree von seiner Briefmarkensammlung und seiner Bierdeckelsammlung und dass er sich jetzt auch noch eine Zündholzschachtelsammlung zulegen werde. Dann erwähnte er, dass Pizza sein Lieblingsessen sei. Desiree fragte ihn, ob er vielleicht zu Mittag mit ihr ins *Da Claudio* gehen wolle, dort sei die Pizza genauso gut wie in Italien.

»Und meine Mutter«, sagte sie, »hat nichts dagegen. Und ich wär froh, wenn du dabei bist. Weil, was meine Mutter mit ihrer Freundin redet, interessiert mich überhaupt nicht.«

Der Thomas sagte, er würde unheimlich gern ins *Da Claudio* mitkommen. Dieses Lokal habe er von außen schon oft bewundert. Mit seinen Eltern komme er nie in so vornehme Lokale. Leider müsse er aber gleich nach der Schule nach Hause gehen, weil seine Eltern zu einem Begräbnis ins Burgenland gefahren seien.

»Na und?«, fragte Desiree. »Da kannst du dann ja noch leichter!«

»Wegen der Katzen muss ich heim«, sagte der Thomas. »Die müssen gefüttert werden. Und das Klo muss ich auch putzen. Die scheißen nämlich daneben, wenn schon viel drinnen ist.« Und dann erfuhr Desiree von Thomas, dass er zu Hause eine alte Katze hatte und fünf Junge. Lauter schwarze, angorahaarige Junge.

»Eins behalten wir«, sagte der Thomas. »Zwei nimmt eine Frau aus unserem Haus, eins kriegt mein Cousin und für eins suchen wir noch einen Platz!«

»Du hast es gut«, sagte Desiree.

»Willst die Katzerln vielleicht sehen?«, fragte der Thomas.

Desiree wollte! Sie wollte so sehr, dass sie das *Da Claudio*-Mittagessen sausen ließ und gleich nach der Schule mit dem Thomas nach Hause ging.

Die Wohnung vom Thomas Haberkorn war winzig. Sie bestand aus einem kleinen Zimmer und einem noch kleineren Zimmer, einer Küche in Badetuchgröße, einem Vorzimmer in Handtuchgröße, einem Abstellraum so schmal wie ein Schrank und einem Minibad mit Klomuschel. Bequem hätte man die ganze Haberkorn-Wohnung im Pistulka'schen Wohnzimmer unterbringen können. Sogar Platz für einen kleinen Vorgarten wäre da noch frei geblieben.

Der Thomas schien sich für die winzige Wohnung zu genieren. »Dafür haben wir aber ein Haus im Burgenland. Mit sieben Zimmern und vier Kachelbädern und drei Balkons«, sagte er.

Desiree hörte der Erklärung zur Haberkorn'schen Wohnsituation gar nicht richtig zu. Sie war nur an den jungen Katzen interessiert.

Die Katzen waren im noch kleineren Zimmer, in dem, das dem Thomas gehörte. Als der Thomas die Tür aufmachte, kam ihm die alte Katze entgegen. Sie war sehr groß und wirkte ziemlich dick, weil ihr Fell so buschig war. Sie strich mit hochgerecktem Schwanz um die Beine vom Thomas herum und rieb ihren Kopf an seinen Waden und schnurrte.

»Sie will ihr Fressen«, sagte der Thomas zu Desiree und zur Katze sagte er: »Na komm, Frau Fürstin! Leber kriegst heute!«

Der Thomas ging in die Küche, die Katze lief hinter ihm her. »Wir nennen sie Fürstin«, rief der Thomas aus der Küche, »weil sie eine echte Aristokratin ist. Mit Stammbaum und allem Drum und Dran. In einer Ausstellung würd sie sicher einen Preis machen. Aber ich bin doch nicht so gemein und setz die Katz eine Woche lang in einen Käfig und lass sie von blöden Leuten angaffen!« Desiree schaute sich nach den jungen Katzen um. Sie sah ein Katzenklo im Winkel hinter der Tür, ein paar Pingpongbälle sah sie auch und eine Gummimaus. Von Katzenjungen war keine Spur.

»Wo sind denn die Jungen?«, rief Desiree.

»Unter dem Bett wahrscheinlich.« Der Thomas kam aus der Küche. Er hatte vom Leberschneiden blutverschmierte Finger. Die wischte er am Hosenboden sauber. Desiree bückte sich und schaute unter das Bett. Unter dem Bett waren drei Hausschuhe, ein Tennisball, ein Sciencefiction-Heft, eine Schachtel mit Bierdeckeln und ein großer Weidenkorb. Desiree zog den Korb unter dem Bett hervor. Im Korb war ein rotes Kissen. Auf dem Kissen lagen dicht aneinandergeschmiegt fünf junge schwarze Katzen und schliefen.

»Gefallen sie dir?«, fragte der Thomas.

Desiree nickte und tupfte mit dem Zeigefinger einem Katzenkind vorsichtig auf das Fell zwischen den Ohren und bewegte den Finger streichelnd.

»Kannst sie ruhig herausnehmen«, sagte der Thomas.

»Wie nimmt man sie denn, dass man ihnen nicht wehtut?«, fragte Desiree.

»Ach, die sind gar nicht zerbrechlich!« Der Thomas griff in den Katzenkorb, packte ein Junges am Balg im Genick und hob es heraus.

»Der wird ein Kater«, sagte er. »Der gefällt mir am meisten, den behalten wir!« Der Thomas knöpfte sein Hemd am Hals auf und schob den Kater in den Hemdausschnitt und ließ ihn – im Hemd – bis zur Taille hinunterrutschen.

»Das mag er besonders gern«, sagte er. Desiree schaute zweifelnd.

»Na, horch doch her«, sagte der Thomas. Desiree beugte sich zum Thomas. Aus dem Hemd schnurrte es heraus. Der Thomas streichelte sein Hemd, dort, wo ihm der Kater einen Spitzbauch machte. »Ich hab ihn Franz-Josef getauft«, sagte er. »Zorro wär mir zwar lieber gewesen, aber die Mutti sagt, der Sohn einer Fürstin braucht einen Kaisernamen!«

Die vier Jungen im Korb wurden munter. Sie gähnten und streckten sich. Eins rappelte sich hoch und stieg über die anderen drei zum Korbrand und sprang ein bisschen unbeholfen auf den Boden.

»Das ist J.R. Chewing«, sagte Thomas. »Mein Cousin hat ihn so getauft, das ist seiner. Morgen holt er ihn ab! Und die zwei hier« – der Thomas griff in den Korb und holte zwei Junge heraus – »sind Katzendamen. Die bleiben noch eine Woche da. Weil, die Frau aus unserem Haus, die sie nimmt, ist auf Urlaub!« Der Thomas griff nach einem Pingpongball und ließ ihn durchs Zimmer rollen. Die zwei Katzendamen und J.R. Chewing sausten hinter dem Ball her. Und der Franz-Josef bohrte neugierig seinen Schädel zwischen zwei Hemdknöpfen durch. Das Katzenkind, das noch im Korb war, rollte sich auf den Rücken. Desiree streichelte das flaumige, pralle Katzenbäuchlein. Das Katzenkind fasste mit allen vier Pfoten nach Desirees Hand, zog sie ans Maul und biss in Desirees Finger. Das tat überhaupt nicht weh, sondern war sehr angenehm. Dann ließ das Katzenkind Desirees Hand los, rollte sich vom Rücken auf die Beine und kletterte über Desirees Arm auf Desirees Schulter.

»Tu ihn runter«, riet der Thomas, »der Kerl spielt gern mit Locken. Wennst nicht Acht gibst, reißt er dir Haare aus!« Der Thomas hob das Katzenkind von Desirees Schulter und legte es ihr in den Schoß.

»Der wär noch zu haben«, sagte er. »Ich hab ihn Homolka getauft, weil er dem Homolka aus der Siebenten, dem, der mir Englischnachhilfe gibt, ähnlich schaut.«

Desiree streichelte das Katzenjunge, das sich in ihrem Schoß zusammengerollt hatte.

»So schön wie du«, flüsterte sie der Katze zu, »ist der Homolka aber wirklich nicht.«

Der Thomas deutete auf die linke Vorderpfote vom Katzenkind. Die linke Vorderpfote des ansonsten kohlrabenschwarzen Katers war weiß. Desiree kicherte. »Da hast recht«, sagte sie. »Er ist ein Anatol Homolka.«

Der Anatol Homolka hatte sich nämlich vor ein paar Jahren die linke Hand mit siedendem Wasser verbrüht. Narben waren ihm davon keine geblieben, doch die Haut auf seiner linken Hand war seither schneeweiß. Auch im Sommer, wenn der übrige Homolka von der Sonne braungebrannt war.

Der Anatol-Homolka-Kater kletterte an Desirees T-Shirt hoch. Desiree unterstützte ihn dabei mit einer Hand.

»Gib Acht, er will schon wieder in die Haare!«, warnte der Thomas, doch der kleine Kater kuschelte sich bloß in Desirees stützende Hand und begann an Desirees Hals zu saugen und schnurrte dabei laut.

»Oh, das kitzelt«, kicherte Desiree.

»Tu ihn weg, wenn's unangenehm ist«, sagte der Thomas.

»Aber wo!« Desiree schaute ganz glücklich drein. »Es ist unheimlich angenehm!«

Die alte Katze kam von der Küche zurück. Sie sprang auf das Bett vom Thomas und schaute Desiree an. Desiree fragte den Thomas, ob die alte Katze vielleicht dagegen sei, dass man ihre Jungen anfasse. Der Thomas sagte, das sei der alten Katze jetzt schon völlig egal. »Sie schert sich nimmer viel um sie«, sagte der Thomas. »Und wenn sie bei ihr trinken wollen, ist sie auch nicht mehr besonders begeistert. Vor vierzehn Tagen noch hat sie jeden Fremden angefaucht, der ein Junges anfassen wollte. Aber Katzen sind nicht sehr lange mütterlich!«

Und dann sagte der Thomas: »Den Homolka, den will der Alex Birninger haben. Ganz vernarrt ist er in ihn. Aber ich bin dagegen, weil der Birninger eine kleine Schwester hat, und kleine Kinder sekkieren Katzen meistens!« Der

Thomas zuckte mit den Schultern. »Aber wenn sich sonst niemand findet, kriegt er sie, weil, drei Katzen können wir uns nicht halten!«

Desiree zögerte nur einen winzigen Augenblick, dann fragte sie: »Würdest du sie mir geben?«

Der Thomas fand das einfach spitze. In Desirees Riesenwohnung, meinte er, würde die Katze genug Platz haben. Und genug Geld für Fressen und Tierarztrechnungen, sagte er, sei bei den Pistulkas auch vorhanden. »Aber vorher«, sagte er, »musst du natürlich deine Eltern fragen!«

Ohne mit einer einzigen ihrer langen Wimpern zu zucken, log Desiree, dass ihre Eltern Katzenliebhaber seien und der Plan, eine Katze ins Haus zu nehmen, schon längst beschlossene Sache sei. Bloß habe man auf einen schwarzen Kater gewartet. Desiree erzählte das so überzeugend, dass dem Thomas keine Bedenken kamen. Er füllte Desiree eine Tragtasche mit Katzensand, er schrieb ihr einen Zettel mit einer genauen Fütteranleitung und zwei Kalktabletten und eine Vitaminkapsel – übers Wochenende – schenkte er ihr auch. Dann steckte er den Katzen-Homolka in einen Strohkorb mit Deckel. Dem Katzen-Homolka gefiel das nicht, er mauzte empört.

Desiree nahm den Katzensandsack und die Schultasche in die eine, den Strohkorb in die andere Hand, sagte dem Thomas noch einmal danke schön und lief nach Hause. Sie beeilte sich sehr, weil der Katzen-Homolka ziemlich kläglich aus dem Strohkorb jammerte.

Der Weg vom Haberkorn-Haus zu Desirees Haus war

ein sehr kurzer, kaum drei Häuserblocks entfernt wohnte Desiree. Und diese drei Häuserblocks lang schickte Desiree innige Stoßgebete zum Himmel, auf dass kein Pistulka zu Hause sein möge; und wenn schon einer zu Hause sein sollte, dann – bat Desiree – möge er ihr wenigstens nicht im Vorzimmer in die Quere kommen. Es war nämlich nicht so, dass sämtliche Pistulkas katzenlieb waren. Desirees Papa konnte Katzen absolut nicht ausstehen. Desirees Mama mochte überhaupt kein Getier in einer Stadtwohnung und Titus war nur an Hunden interessiert.

Desirees Stoßgebete hatten ihre Wirkung getan. Ungesehen gelangte sie ins Haus, in die Wohnung und in ihr Zimmer. Obwohl der Papa zu Hause war. Doch der saß in seinem Zimmer und las Zeitung und rief bloß, als er die Wohnungstür aufgehen hörte: »Titus, bist du es?«

Auf Desirees »Nein, ich bin's« antwortete er: »Servus, Wurschtelfrau!«, und las weiter in seiner Zeitung.

Desiree stellte den Strohkorb in ihrem Zimmer ab und holte die große Plastiktasse aus dem Schuhkastel, auf der die Pistulkas im Winter ihre schneenassen Stiefel trocknen ließen. Sie trug die Tasse in ihr Zimmer, füllte den Katzensand ein und schob sie unter das Bett. Dann holte sie den Kater aus dem Korb, nahm ihn in die Arme und legte sich mit ihm auf das Bett. Sie streichelte den Kater und hielt ihm einen Finger vor das Maul. Der Kater fing an, am Finger zu saugen. Gleich darauf schlief er ein.

Desiree hatte keine Vorstellung davon, wie die Sache mit ihr und dem Homolka-Kater weitergehen sollte. Sie war nicht so dumm, dass sie glaubte, man könne eine Katze – auf Jahre hin – vor der Familie geheim halten. Sie war auch nicht so naiv, dass sie dachte, sie könne aus dem Papa, der Mama und dem Titus Katzenliebhaber machen. Es war nur so, dass sie sich vom kleinen Kater nicht hatte trennen können. Den Kater beim Thomas zurückzulassen hatte sie einfach nicht geschafft. Manchmal im Leben muss man eben etwas tun, von dem man genau weiß, dass es fürchterliche Folgen haben wird!

4. Kapitel, *in dem ein Anatol Homolka auf einen anderen Anatol Homolka trifft und für Desiree nach etlichem Stunk ein Silberstreifen am Horizont sichtbar wird, den sie aber leider nicht dort fixieren kann.*

Am Samstagnachmittag blieb Desiree mit dem Anatol Homolka, dem Kater, im Marzipanschweinbauch und schaute ihm beim Schlafen zu. Bloß zweimal unterbrach sie diese Tätigkeit. Einmal, um aufs Klo zu gehen, einmal, um sich den Reisauflauf zu holen, den die Frau Kronberger am Vormittag gebacken hatte. Vom Papa hörte Desiree nichts. Sie vermutete, er sei – über oder unter seiner Zeitung – eingeschlafen. Und zweimal schepperten die Kuhglocken. Desiree deutete sie als heimkehrenden und wieder weggehenden Titus.

Gegen sieben Uhr dann hörte Desiree die Mama kommen, und weil sie fürchtete, die Mama könnte zu ihr ins Zimmer schauen und fragen, warum sie die *Da Claudio*-Pizza verschmäht habe, lief Desiree ins Vorzimmer, um die Mama zu begrüßen. Vorher baute sie aus den schweinsrosa Häkelkissen eine Barrikade auf dem Bett. Als Sichtsperre. Damit niemand – sollte er wider Erwarten die Tür öffnen – den Anatol Homolka sehen könne.

Die Mama fragte Desiree gar nicht, warum sie zu Mittag nicht ins *Da Claudio* gekommen war. Anscheinend hatte sie die Einladung schon wieder vergessen. Die Mama fragte nur, ob Desiree an einem Nachtmahl interessiert sei. Die

Kronberger habe Rindsschnitzel gekocht, sagte die Mama. Desiree meldete ihr Interesse an den Rindsschnitzeln an und ging den Papa fragen, ob er auch an dem Nachtmahl teilhaben wolle. Der Papa saß lesend in seinem Zimmer, doch seinem rosigen Gesicht mit den Polsterfaltennarben war anzusehen, dass er geschlafen hatte.

»Nur ja nicht!«, rief der Papa. »Die Kronberger tut immer überall Knoblauch dazu. Davon krieg ich Aufstoßen. Und überhaupt faste ich. Der Sommer naht!« Der Papa klatschte sich auf den Bauch. »So kann ich mich nicht in der Badehose sehen lassen, Wurschtelfrau!«

Desiree kehrte zur Mama zurück und richtete aus, was der Papa gesagt hatte. Die Mama murmelte etwas von »Schwimmbadcasanova« und sagte, die Rindsschnitzel reichten für ein komplettes Familienessen, da sei es unökonomisch, jetzt zwei Portionen wegzunehmen, sie werde in der Tiefkühltruhe nach etwas anderem suchen. Sie machte die Truhe auf und kramte.

»Eine Seele, die Kronberger«, sagte sie. »Ohne die wären wir aufgeschmissen. Dabei ist sie unheimlich preiswert. Die Schuschi zahlt ihrer Bedienerin um zwanzig Schilling* mehr die Stunde und kriegt nicht die Hälfte dafür!«

Die Mama nahm einen kleinen Alubehälter aus der Truhe, beschaute die Aufschrift auf dem Deckel und lachte und hielt Desiree den Behälter hin. GEFÜHLTE ZWIEBEL stand auf dem Deckel in Kronbergerschrift.

* Vor Einführung des Euro bezahlte man in Österreich mit Schillingen. 100 ÖS wären umgerechnet etwa 7 Euro.

»Ist dir nach gefühlter Nahrung?«, fragte die Mama. Desiree nickte.

Die Mama klappte die Truhe zu, riss den Deckel vom Alubehälter und warf ihn in den Mistkübel. Der Kübel war leer bis auf einen blitzblauen Tonscherben. Der musste am Boden kleben geblieben sein, als die Kronberger den Kübel ausgeleert hatte. Die Mama bückte sich und holte den Scherben aus dem Kübel. »Der ist doch von meinem Biedermeierkrug«, sagte sie, schaute zum Regal auf und erstarrte. »Da fehlen ja drei!«, rief sie.

»Vier«, sagte Desiree. »Wie der Papa gelüftet hat, wegen dem Hendl, da hat der Luftzug, der war nämlich wie ein Sturm …«

Weiter kam Desiree nicht, denn die Mama brüllte: »Fritz!«, und dann noch einmal sehr laut: »Fritz!«

»Was schreist denn so?« Der Papa näherte sich der Küche.

»Ist was passiert?« Der Papa war bei der Küchentür. Die Mama zeigte mit ausgestrecktem Arm zum Krügeregal.

»Ja, da sind leider ein paar draufgegangen«, sagte der Papa.

»Und das sagst du einfach so?« Die Mama schien den Tränen nahe.

»Sei froh, dass wir nicht abgebrannt sind«, sagte der Papa.

»Du Dodel!« Jetzt schluchzte die Mama. »Dir ist völlig wurscht, ob meine heiligsten Sachen in Scherben gehen!«

»Die Heferln müssen dir ja unendlich wichtig gewesen sein, wenn du erst jetzt merkst, dass sie kaputt sind«, sagte der Papa.

»Ich war doch kaum zu Haus«, schluchzte die Mama.

»Eben.« Der Papa lehnte sich an den Türpfosten und verschränkte die Arme über dem Bauch.

Die Mama wischte ein paar Tränen aus den Augenwinkeln. »Wenigstens schonend beibringen hättest du es mir können«, sagte sie.

»Um dies zu tun, müssten gnä' Frau öfter anwesend sein«, sagte der Papa.

»Ich bin mindestens dreimal so viel daheim wie du, du Depp«, rief die Mama.

»Zur Überprüfung dieser Behauptung werden wir uns eine Eieruhr anschaffen«, sagte der Papa. Desiree merkte, dass er die Mama absichtlich reizte. Das tat er gern. Wenn sie dann explodierte, freute ihn das. Da Desiree eine wutschäumende Mama weit weniger gern sah, wollte sie die Mama beruhigen.

»Ich bin schuld«, sagte sie. »Es tut mir leid, Mama!«

Anscheinend war diese gut gemeinte Feststellung auch falsch.

»Wieso du?«, rief die Mama. »Red dir keinen Scheiß ein. Was dir passiert ist, kann jedem passieren! Aber nur ein Volltrottel macht Luftdurchzug, wenn kostbare Krüge herumstehen!«

»Der Volltrottel wird einmal etwas sagen!«, brüllte der Papa. »Wärst du daheim geblieben und hättest ihr Nachtmahl gemacht, wär alles nicht passiert!«

»Warum warst du nicht daheim und hast ihr Nachtmahl gemacht?«, brüllte die Mama.

»Wieso ich?« Der Papa machte Kulleraugen.

»Weil du genauso gut auftauen kannst wie ich!« Die Mama drosch mit einer Faust auf die Kühltruhe. »Und weil du ihr Vater bist!«

»Ach, lass mich in Ruh mit deinem Emanzengekreisch!« Der Papa drehte sich um und wollte in sein Zimmer zurück. Die Mama packte ihn am Hemdrücken und hielt ihn fest.

»Ist man eine kreischende Emanze«, fauchte sie, »wenn man einem Mann zutraut, ein Hendl aufzutauen?«

»So streitet doch nicht jeden Tag«, sagte Desiree. »Davon wird man ja ganz krank im Kopf!«

Die Mama ließ das Hemd vom Papa los. Der Papa drehte sich wieder um. »Aber Wurschtelfrau«, sagten der Papa und die Mama im Chor, »wir streiten doch nicht!«

»Ich hab mich doch bloß geärgert«, sagte die Mama.

»Wir haben halt lockere Umgangsformen«, sagte der Papa.

Die Mama legte Desiree einen Arm um die Schultern. »Jedes Leben braucht Aggressionsabfuhr«, sagte sie. »Und der Ehemann bietet sich da prächtig an.«

»Pack schlägt sich, Pack verträgt sich!«, sagte der Papa und küsste die Mama auf eine Wange.

Desiree betrachtete ihre zwei Stück Eltern, um zu merken, ob die nur versöhnt taten oder wirklich versöhnt waren. Da die Mama dem Papa zulächelte und der Papa dem ersten Wangenkuss einen zweiten folgen ließ, entschied Desiree, dass der Streit kein ernster war.

»Und jetzt hab ich Hunger«, sagte der Papa. »Eheszenen

machen mich immer hungrig. Aber Knoblauchfleisch will ich keines. Gehen wir aus, wir drei! Fein essen!«

Unter anderen Umständen hätte Desiree dem Vorschlag begeistert zugestimmt, doch Anatol Homolka, der Kater, hielt sie davon ab.

»Ich muss lernen«, sagte Desiree. »Geht allein!«

Die Mama und der Papa meinten, Desiree könne ja morgen lernen, morgen sei Sonntag.

Desiree schwindelte etwas von acht Prüfungen und drei Schularbeiten in der nächsten Woche. Da gaben der Papa und die Mama das Zureden auf und beschlossen, allein auszugehen.

»Beeilt euch«, sagte Desiree, »sonst sind die besten Sachen von der Karte gestrichen!« Sie wollte die Eltern so schnell wie möglich aus der Wohnung bekommen, weil es aus ihrem Zimmer leise mauzte.

Die Mama erklärte, eigentlich sei es zum Essengehen noch zu früh. Sie habe noch gar keinen Hunger. Wenn man sich in einer Stunde auf den Weg mache, reiche das.

Das Mauzen aus Desirees Zimmer wurde lauter. Darum sagte Desiree – auch sehr laut: »Fahrt doch zum Salamander!«

Der Salamander war ein Wirtshaus, weit draußen vor der Stadt. Fast eine Stunde fuhr man mit dem Auto dorthin.

»Da kriegt man doch nie einen Platz«, sagte die Mama.

Desiree drehte das Radio auf, um das Mauzen zu übertönen.

»Wenn ihr jetzt gleich losfahrt, dann schon«, sagte

Desiree. »Und heut ist es warm. Vielleicht kann man heut sogar auf der Terrasse sitzen!«

Dieses Argument überzeugte Desirees Eltern. Hand in Hand marschierten sie ab. Desiree geleitete sie zur Wohnungstür und wartete, bis sie in den Lift gestiegen waren und der Lift abwärtsrauschte. Dann schlug sie erleichtert die Wohnungstür zu und lief in ihr Zimmer.

Der Anatol Homolka war nicht mehr auf dem Bett. Desiree fand ihn in der Abtropftasse unter dem Bett. »Brav, Anatol«, lobte sie, weil im Sand ein kleiner nasser Fleck war. Der Kater kratzte mit den Vorderpfoten im Sand, dann stieg er aus der Tasse, spazierte im Zimmer herum und mauzte.

»Du hast Hunger«, stellte Desiree fest. Sie holte den Zettel vom Thomas Haberkorn aus der Hosentasche. »Hühnerfleisch gekocht, kleingeschnitten«, las sie. »Das haben wir gleich, Anatol«, sagte sie. Sie ging in die Küche, der Kater lief neben ihr her. Desiree holte eine Packung Hühnerbrust aus der Tiefkühltruhe, setzte die groß gezackte Klinge ins Elektromesser und sägte dünne Schnitten von der steinharten Hendlbrust. Sie füllte Wasser in ein Reindl und stellte es auf eine Kochplatte. Als das Wasser brodelte, warf sie die Fleischscheiben hinein.

Der Kater versuchte in den engen Spalt zwischen Kredenz und Geschirrspüler zu kriechen. Desiree zog ihn am Schwanz aus dem Spalt. Weil sie beide Hände fürs Futterzubereiten frei haben wollte, steckte sie den Kater – wie sie es beim Thomas gesehen hatte – ins T-Shirt hinein. Der Kater plumpste zum Hosenbund und schnurrte dort um nichts weniger, als der Franz-Josef im Hemd vom Thomas geschnurrt hatte.

Desiree ließ das Fleisch fünf Minuten kochen, holte es mit einer Gabel aus dem Sud, hackte es klein und blies drauf, bis es lauwarm war. Dann holte sie den Kater aus dem T-Shirt und ließ ihn fressen. Im Nu hatte der das Gehackte weggeputzt. Dann lief er, als ob er den Weg schon ewig kannte, in Desirees Zimmer, kletterte an der Häkeldecke hoch und rollte sich auf Desirees Bett zu einer Kugel.

Desiree tilgte die Spuren, die sie in der Küche gemacht hatte. Als sie in ihr Zimmer zurückkam, schlief der Kater schon wieder. Desiree setzte sich zum Schreibtisch, holte Hefte aus der Schultasche und machte sich über etliche Hausübungen her; eine ziemlich ungewohnte Beschäftigung für Desiree.

Bevor Desiree gegen Mitternacht, äußerst müde nach stundenlangem, ungewohntem Aufgabenschreiben, zu Bett ging, klebte sie mit Kaugummi einen Zettel an die Außenseite ihrer Zimmertür. NICHT STÖREN, SCHLAFEN LASSEN! stand auf dem Zettel.

Desiree hatte in dieser Nacht keinen ruhigen Schlaf, weil es nicht leicht ist, mit einer winzigen Katze im Bett zu schlafen, vor allem, wenn man dauernd Angst hat, die Katze zu erdrücken. Erst im Morgengrauen, als sich der Anatol-Kater ans Fußende vom Bett zurückzog, fiel Desiree in tiefen Schlaf, der währte, bis der Anatol Homolka die Zimmertür aufriss, zu Desirees Bett stürmte, drei Seiten DIN-A4-Papier aufs

Bett flattern ließ und rief: »Die Verbesserung, mein Schatz! Homolka hält immer Wort!«

Für einen winzigen Augenblick war sich Desiree der brenzligen Situation, in die sie der Homolka durch sein Eintreten und die offene Zimmertür gebracht hatte, gar nicht bewusst, doch dann rief sie: »Tür zu!«, sprang aus dem Bett, rannte zur Tür und knallte sie zu. Der Anatol Homolka war verwirrt.

»Nanu?«, fragte er. »Wünschst du Intimität mit mir?«

Desiree schüttelte den Kopf. »Danke für die Verbesserung«, sagte sie. »Aber jetzt geh raus, ich will mich anziehen!« Sie schob den Anatol zur Tür. Fast hatte sie ihn schon dort, da mauzte es auf dem Schrank und der Homolka-Kater sprang dem Anatol Homolka auf die Schulter.

»O Gottchen, seit wann gibt's denn *den* bei euch?« Der Anatol holte den Kater von seiner Schulter, hob ihn zum Gesicht und rieb seine Nase am Katzenbauch.

»Anatol, bitte.« Desiree packte den Homolka am Arm. »Sag's niemandem! Bitte! Er ist geheim!«

Der Homolka setzte sich auf Desirees Bett. »Du meinst doch nicht, dass das gutgehen kann?«, fragte er.

»Ich mein gar nichts«, sagte Desiree, »aber halt bloß den Mund!«

Der Homolka setzte seinen Namensbruder auf Desirees Bett. »Eisern sag ich nichts.« Er hob zwei Schwurfinger.

»Auch dem Titus nicht?«, fragte Desiree.

»Auch dem nicht«, sagte der Homolka und dann fragte er: »Hat er einen Namen?«

»Anatol Homolka heißt er, wegen der Pfote«, erklärte Desiree. Der Homolka beschaute die Pfoten vom Kater und lachte. Dann stand er auf und verließ Desirees Zimmer. Gleich danach schepperten die Kuhglocken.

Desiree schaute auf die Uhr und stellte fest, dass es bereits elf vorbei war. »Anatol, du brauchst Futter«, sagte sie. »Verdammt und genietet, wie schaff ich das?«

Der Anatol-Kater tat, als verstünde er Desirees Frage. Er lief zur Tür und kratzte mit der weißen Vorderpfote am Holz; ganz so, als wollte er Desiree den schnellsten Weg zum Futter zeigen.

»So einfach geht's nicht, Anatol«, sagte Desiree. Sie nahm den Kater, trug ihn zum getupften Schrank, öffnete die Schranktür und setzte den Kater in den Schrank. Unten auf den Schrankboden, in den halb leeren Sockenkorb. »Ich bin gleich wieder da«, sagte sie und machte die Schranktür zu. »Ich hol nur Fressen für dich aus der Küche!«

In der Küche fand Desiree auf dem Tisch Reste von einem Ein-Personen-Frühstück. Dass der Papa da gefrühstückt hatte, erkannte Desiree am Aschenbecher. Drei filterlose Zigarettenstummel waren darin.

Desiree holte eine Packung Milch aus dem Eiskasten und ein paar Schinkenscheiben. Jetzt Huhn aufzukochen schien ihr zu riskant. Sie nahm eine Untertasse und ein Messer aus der Kredenz und füllte ein Glas mit Wasser. Sie tat alles auf ein Tablett und wollte damit in ihr Zimmer zurück. Als sie an der Klotür vorbeikam, verspürte sie ein dringendes körperliches Bedürfnis. Sie stellte das Tablett auf dem Telefontischchen ab und ging, dem dringenden Bedürfnis folgend, ins Klo. Sie beeilte sich sehr, doch als sie aus dem Klo kam, stand der Papa beim Tablett, hatte eine gerunzelte Stirn und sprach: »Wurschtelfrau, das ist ein ungesundes Frühstück, kein Brot, kein warmes Getränk, das geht nicht!«

Er trug das Tablett in die Küche, entfernte das Wasserglas, wärmte die Milch und bestrich drei Schnitten Brot mit Butter und legte den Schinken darauf.

»So soll ein Frühstück sein«, sagte er zufrieden. »Und merke vor, Wurschtelfrau, dass ich dir heut Frühstück gemacht hab! Dass es nicht wieder heißt, ich bin ein Pascha und tu nix!« Grinsend stellte der Papa die heiße Milch und die Brote auf das Tablett. Desiree tat noch das Wasserglas dazu, seufzte und marschierte mit dem Tablett aus der Küche und merkte, dass nun die Untertasse und das Messer fehlten.

»Oh, du Hölle«, murmelte sie und lief in die Küche zurück.

Im Vorzimmer klingelte das Telefon. Der Papa nahm den Hörer ab. Desiree hörte ihn »Pistulka« sagen, dann war es still. Er lauschte. Desiree, an ihm vorbei zu ihrem Zimmer wandernd, dachte: Das muss die Mizzi-Mutter sein, und er schaut so doof, weil er nur Bahnhof versteht!

Desiree war bei ihrer Zimmertür, da sagte der Papa: »Meine Dame, Sie sind falsch verbunden, hier ist Dr. Pistulka und wir haben keinen Kater im Haus!«

Desirees Händen entglitt das Tablett. Das Milchheferl kippte um, die Untertasse sauste vom Tablett und zersprang in tausend Scherben. Desiree kniete sich auf den Boden und sammelte die Scherben ein. Der Papa sagte in den Hörer: »Geben Sie mir Ihre Nummer, ich rufe zurück.« Dann legte er den Hörer auf und schrieb Ziffern auf einen Block neben dem Telefon. Und dann brüllte er: »Haben wir einen Kater im Haus?« So laut hatte Desiree den Papa noch nie schreien gehört.

Die Kuhglocken schepperten, Titus stand in seiner Zimmertür. »Dreht der Alte durch?«, fragte er zu Desiree hin.

Die Mama kam, in ein Badetuch gewickelt, aus dem Badezimmer. »Wozu brauchst du einen Kater?«, fragte sie.

Desiree holte einen winzigen Porzellansplitter unter dem Telefontischchen hervor. Und schnitt sich an ihm eine Fingerspitze blutig.

»Da war eine Frau«, der Papa deutete auf das Telefon, »die hat gesagt, sie will wissen, ob wir mit dem Kater wirklich einverstanden sind. Und den Deckelkorb braucht sie. Damit sie den anderen Kater transportieren kann!«

»Eine Irre«, sagte der Titus.

»Hat sie ihren Namen gesagt?«, fragte die Mama.

»Haferschleim«, sagte der Papa.

»So heißt man nicht«, sagte die Mama.

»Oder so ähnlich halt«, sagte der Papa. »Und ihr Sohn heißt Thomas und hat uns die Katz geschenkt.«

Der Titus fragte zögernd: »Haberkorn vielleicht?«

»Genau«, rief der Papa.

»Der geht mit der Wurschtelfrau in die Klasse und züchtet Katzen«, rief der Titus.

»Dann war's keine Irre!« Die Mama war enttäuscht.

»Die wird uns verwechselt haben.« Sie schaute Desiree an. »Hat denn wirklich wer aus deiner Klasse vom Thomas eine Katze bekommen?«

Desiree steckte den blutig gestochenen Finger in den Mund und saugte am Schnitt. »Der Birninger, glaub ich«, sagte sie.

Hinter Titus tauchte der Anatol Homolka auf. »Mein Schatz«, sagte er milde, »wirf das Handtuch, das hat keinen Nährwert mehr!«

Der Titus packte seinen Freund am Arm. »Willst sagen, die Wurschtelfrau hat die Katze?«

»Unsinn«, rief die Mama. »Da ist doch keine Katze!«

Der Anatol deutete auf Desirees Zimmer. Der Papa, die Mama und Titus erstürmten den Marzipanschweinbauch.

Desiree überholte sie, stellte sich vor den getupften Schrank, presste die Arme gegen die Schranktür und schrie: »Macht, was ihr wollt, ich geb ihn nicht her!«

Der Titus packte Desiree. Sie wehrte sich, biss ihn, schlug um sich, aber der Titus war stärker. Er zog sie vom Schrank weg und der Papa riss die Schranktüre auf. Der Kater hockte, umgeben von aufgerollten Socken und Strumpfhosen, und schaute neugierig.

»Och, ist der süß! So ein Schnuckelchen!«, rief die Mama. Sie hob den Kater aus dem Schrank und streichelte ihn. Der Titus ließ Desiree los und nahm der Mama den Kater weg. Und streichelte ihn auch und rief: »Der schnurrt! Wie eine Nähmaschine schnurrt der!«

Der Papa brüllte: »Tut das Vieh weg! Wo ist der Deckelkorb? Das Vieh muss weg, bevor ihr mir alle überschnappt!«

Desiree fing zu weinen an. Der Menschen-Anatol flüsterte ihr ins Ohr: »Heul lauter! Schluchz ergreifend! Das wirkt! Bis auf deinen Alten sind sie eh schon für dich und die Katz!«

Desiree schluchzte laut und ergreifend. Doch das tat sie nicht – wie vom Anatol empfohlen – aus Berechnung, sondern weil ihr danach zumute war.

»Fritz, bereden wir das in Ruhe«, sagte die Mama. Der Papa erklärte, da gäbe es nichts zu bereden, der Fall sei für ihn klar wie Hochquellwasser in guten alten Zeiten, aber dann ging er doch mit der Mama ins Wohnzimmer.

Der Titus drückte Desiree den kleinen Kater in die Arme. »Wurschtelfrau, hör zu heulen auf«, sagte er und boxte Desiree aufmunternd in die Rippen. »So wahr ich Titus Pistulka heiße und einen freien Willen habe, garantiere ich dir, dass der Kater im Haus bleibt!«

»Glaubst du wirklich?« Desiree schluchzte nur mehr ein bisschen.

»Eisern!«, sagte der Titus und verließ das Zimmer.

Desiree setzte sich auf ihr Bett und schnäuzte sich in das Taschentuch, das ihr der Anatol Homolka reichte. Sie wollte auf dem Bett ausharren, bis im Wohnzimmer eine Entscheidung getroffen war, doch der Anatol Homolka war dagegen. »Bezieh lieber Horchposten«, sagte er, »damit du laut heulend eingreifen kannst, wenn dein Alter stur bleibt!« So schlich Desiree zur Wohnzimmertür. Die Tür war geschlossen, aber was im Wohnzimmer geredet wurde, konnte Desiree trotzdem sehr gut hören.

Die Mama sagte: »Sie hat eben ein echtes Bedürfnis nach einer Katze!«

Der Papa sagte: »Und ich hab ein echtes Bedürfnis nach keiner Katze!«

Die Mama sagte: »Wenn die Wurschtelfrau eine Katze unbedingt braucht, bin ich dafür, dass sie eine hat. Das Kind stellt doch sonst nie Ansprüche!«

Der Titus sagte: »Für sie ist es schwerer, die Katz herzugeben, als für dich, die Katz auszuhalten!«

Die Mama sagte: »Wo du eh kaum zu Hause bist!«

Der Titus sagte: »Das ist doch neurotisch, dass du dich so gegen ein kleines, liebes Vieh wehrst!«

Die Mama sagte: »Sei froh, dass sie nicht mit einem Riesenbernhardiner angerückt ist!«

Dann war es eine Weile still hinter der Wohnzimmertür und dann sagte der Papa: »Aber nur auf Probe! Wenn das Vieh alles verscheißt, dann muss es weg! Oder ich zieh aus! Das könnt ihr dann ja entscheiden!«

Desiree riss die Wohnzimmertür auf, brüllte: »Danke Papa!«, lief zum Papa, sprang hoch und schlang die Arme um seinen Hals. Der Papa wankte unter der Last, die ihm am Halse hing, aber er lachte.

»Typisch!«, sagte der Titus. »Er ist ein Ekel und wir müssen ihn weichklopfen und dann steht er da wie die Güte *himself*!«

»*That's life, little boy*«, sagte die Mama. Sie wickelte das

Badetuch enger um den Leib und wanderte ins Badezimmer zurück. Der Papa löste Desirees Arme von seinem Hals, seufzte und verschwand in seinem Zimmer.

»War leichter, als ich gedacht hab!« Der Titus grinste Desiree zu. »Dabei hab ich mein bestes Bonmot gar nicht abfeuern können. Schad drum!«

»Was wär denn das gewesen?«, fragte Desiree.

Der Titus verschränkte die Arme über dem Pyjamabauch. »Ich hätt gesagt«, sprach er genussvoll, »werter Ahnherr, wenn du dir Miezen in Hülle und Fülle vergönnst, gönn deiner Tochter wenigstens einen Kater!«

Desiree murmelte: »Ach so, *das* meinst du«, und ging ins Vorzimmer hinaus. Mit Miezen, dachte sie, hat er gemeint, dass der Papa Freundinnen hat. Desiree war nicht erstaunt über diese Behauptung. Titus machte oft so Andeutungen. Desiree hielt sie für böswillige Verdächtigungen. Vor allem deshalb, weil sie einige der Damen, die der Bruder dem Papa als Geliebte unterstellte, gut kannte. Und diese Damen waren durchwegs weniger hübsch und lustig und lieb und gescheit als die Mama. Desiree sah keinen vernünftigen Grund, warum der Papa eines dieser Stücke der Mama vorziehen sollte.

Bevor Desiree in ihr Zimmer zurückkehrte, rief sie noch beim Thomas Haberkorn an und sagte ihm, dass sie *natürlich* den Kater behalten dürfe. Ihr Papa sei bloß gerade erst von einer Auslandsreise zurückgekommen und habe daher keine Ahnung vom Kater gehabt. Ob ihr der Thomas glaubte, war nicht zu entscheiden. Einerseits sagte er: »Ja, ja, ist ja klar!« Anderseits hatte seine Stimme dabei einen merkwürdigen Klang. Da Desiree dieser Klang unangenehm war, beendete sie das Telefongespräch ziemlich bald.

Den Rest des Sonntags dann war Desiree nur mehr glücklich. Sie machte dem Kater eine Stoffmaus zum Spielen und aus dem Sockenkorb machte sie ihm ein Bett, und aus alten Schachteln baute sie ihm ein Haus mit mehreren Zimmern, weil sie gemerkt hatte, dass der Kater gern wo hineinkroch, wo es dunkel war. Und ziemlich spät am Abend noch holte Desiree das Deutschschularbeitsheft aus der Schultasche und schrieb als Verbesserung, was ihr der Anatol Homolka am Vormittag hatte aufs Bett flattern lassen. Beim Schreiben kicherte sie vor sich hin, weil die Familie, von der da berichtet wurde, mit der ihren wirklich nicht das Geringste zu tun hatte.

Der Montag war ein mieser Schultag. Deutsch, Englisch, Latein, Geschichte, Musik. Desiree mochte den Montag von allen Schultagen am wenigsten. Trotzdem machte sie sich am Montagmorgen, pfeifend und den Deckelkorb schwingend, auf den Weg, weil das Glücksgefühl, das sie seit gestern hatte, noch immer in ihr war. Es war sogar noch stärker geworden über Nacht. Nicht einmal, als Desiree beim Betreten der Schule einfiel, dass heute um neun Uhr die erste Vorladung – die bei Dr. Stingl – fällig war, ließ das enorme Glücksgefühl nach.

Desiree hockte brav und still die Deutschstunde ab und dachte nur an den Anatol-Kater und wie es dem wohl in der menschenleeren Wohnung ergehen werde. Als die Dr. Stingl nach dem Läuten »Pistulka« rief und fragte, ob ein Pistulka-Elternteil in ihrer Sprechstunde erscheinen werde, sagte Desiree: »Nein, bitte, meine Mama konnte sich nicht freinehmen, aber sie würde bitten, dass Sie am Abend anrufen ...«

Weiter kam Desiree nicht, denn die Dr. Stingl rief: »Pistulka, am Abend bin ich außer Dienst!«

»Jawohl, bitte«, sagte Desiree und lächelte der Dr. Stingl zu. Sogar den bitteren Stingl-Blick nahm sie gelassen, fast heiter, hin.

Auch die anderen Montagsstunden verliefen friedlich. In Latein konnte Desiree, weil sie am Samstag so fleißig gelernt hatte, alle neuen Vokabeln fehlerfrei hersagen. Bloß in Musik wurde sie ein paar Mal gerügt, weil sie nicht mitsang, sondern mit dem Thomas die Aufzucht von Katern besprach und sich eine Tierarztadresse notierte und die beste Einkaufsquelle für Katzenstreu. Bei diesem geflüsterten Gespräch mit dem Thomas wurde Desiree ein klein bisschen verstört. Als gute Rechnerin überschlug sie, was eine Katze ihren Besitzer alles kostet: Impfung, 2. Impfung, 3. Impfung, pro Woche ein Sack Streu, pro Tag 15 dag Fleisch und Kalktabletten und Vitamintropfen und Flohpulver und Entwurmungspillen und noch ein Dutzend andere Sachen. Mit ihrem Taschengeld, wurde Desiree klar, war der Anatol nicht zu ernähren und zu pflegen!

Desiree tröstete sich damit, dass sie im Besitze dreier Sparbücher war, auf denen recht anständige Beträge gutgeschrieben waren.

Nach der Schule kaufte Desiree in dem Supermarkt, den ihr der Thomas als besonders preiswert beschrieben hatte, einen Sack Katzenstreu. Sie nahm die größte Packung, weil die im Sonderangebot war, und sie schleppte sich mit dem Fünfzehn-Kilo-Sack gewaltig ab, denn sie wagte den ganzen Heimweg nicht, den schweren Sack abzustellen und zu verschnaufen. Es regnete nämlich stark, und sie hatte Angst, der Papiersack könnte zu nass werden und sich auflösen.

Beim Haustor angekommen, sah Desiree, dass das Auto der Mama vor dem Haus parkte. Dass die Mama über Mittag daheim war, kam selten vor. Die Mama sperrte ihren Paulinchen-Shop zu Mittag immer nur für eine Stunde zu. Diese Stunde verbrachte sie im Kaffeehaus.

Wahrscheinlich hat die Mama Migräne, dachte Desiree. Desirees Mama litt hin und wieder, aber höchstens dreimal im Jahr, unter dieser Kopfwehkrankheit so heftig, dass sie sich für ein, zwei Tage ins Bett legen musste. In diesen ein, zwei Tagen war sie sehr geräuschempfindlich. Musikspielen, Türenschlagen, lautes Schreien und andere heftige Geräusche waren in diesen Tagen in der Pistulka-Wohnung absolut verboten.

Also schlich Desiree so leise wie möglich in die Wohnung. Der Anatol-Kater kam ihr im Vorzimmer entgegen. Und hinter dem Kater kam die Mama. Sie wirkte nicht krank, aber glücklich schaute sie auch nicht aus.

»Ist was?«, fragte Desiree.

»Die Kronberger hat eine Allergie gegen Katzen«, sagte die Mama.

Desiree begriff zuerst das Bedrohliche der Mitteilung nicht, darum rief sie bloß: »Dann kann sie die Katze nicht streicheln. Das ist dumm!«

»Sie kann nicht einmal in einer Wohnung sein, wo eine Katze lebt«, sagte die Mama. »Das machen die Katzenhaare. Sie kriegt Asthma und Fieber davon.«

Desiree nahm den Anatol-Kater hoch und streichelte ihn. »Anatol, mein Schatz«, sagte sie, »dann bleibst du eben am Vormittag in meinem Zimmer.«

»Das reicht nicht«, sagte die Mama.

»Wenn meine Tür zu ist, kommt kein Katzenhaar raus«, rief Desiree und drückte den kleinen Kater so fest gegen ihre Brust, dass er empört mauzte.

»Doch!«, sagte die Mama. »Auf deiner Wäsche zum Beispiel. Wenn die Kronberger deine Sachen in die Waschmaschine steckt. Oder ein Katzenhaar ist auf deinem Hosenboden und du setzt dich auf einen Küchensessel. Und dann bleibt es dort kleben. Jedenfalls kündigt die Kronberger, wenn eine Katze im Haus ist!«

Desiree starrte die Mama an.

»Der Kater ist wirklich süß, Wurschtelfrau«, sagte die Mama. »Aber die Kronberger ist Gold wert. Ohne sie geht der Haushalt flöten. So ein Goldstück krieg ich nicht mehr. Und irgendwie gehört sie ja auch zur Familie!«

Desiree fand nicht, dass die Frau Kronberger zur Familie gehörte. Auch nicht irgendwie. Desiree sah die Frau bloß ein paar Mal die Woche, für ein paar Minuten, wenn sie aus der Schule kam. Und da war die Kronberger vom Kochen,

Putzen und Bügeln müde und grantig auch und erzählte Desiree höchstens, dass sie sich heimtummeln müsse, weil ihr Mann aufs Mittagessen warte.

»Ich mach die Arbeit von der Kronberger«, sagte Desiree. »Das kann ich! Ehrlich!«

»Wurschtelfrau, mach dich nicht lächerlich!«, rief die Mama. »Dass du das nicht kannst, weißt du doch! Sei kein Trottel! Was nicht geht, geht nicht. Du weißt genau, dass ich dafür gewesen wäre, wenn's möglich gewesen wäre. Aber ich probier nicht zehn neue Bedienerinnen aus, von denen keine was taugt! Bevor ich die Frau gefunden hab, haben wir die unmöglichsten Stücke hier gehabt!« Die Mama schüttelte sich – erinnernd – vor Abscheu. »Aber ich hab eine Lösung gefunden, Wurschtelfrau. Ich bin ja kein Untam! Den Kater nimmt der Großvater. Der ist nämlich ein echter Katzennarr. Zuerst hat er gesagt, er nimmt ihn nicht, weil er zu alt ist. Weil er nicht mehr so lange lebt wie eine Katze, und dann ist er tot und die Katze ist traurig. Aber ich hab ihn dann doch überredet. Wenn der kleine Kerl beim Großvater ist, kannst du ihn so oft besuchen, wie du magst.« Die Mama schaute Desiree bittend an. »Das ist doch ein Ausweg, findest du nicht?«

»Eine Katze besuchen ist was anderes als eine Katze haben«, sagte Desiree mit fester Stimme und wunderte sich, dass ihr nicht zum Heulen war.

»Wir fahren gleich zum Großvater, damit wir das hinter uns haben«, sagte die Mama. »Den Sand nimm nicht mit, der Großvater hat einen Garten, da braucht er keine Kiste!«

Die Mama holte eine karierte Reisetasche aus dem Vorzimmerschrank. Sie machte die Tasche auf. »Sei ein gutes Kind, Wurschtelfrau, setz ihn rein!«

Desiree rührte sich nicht. Da nahm die Mama Desiree den Kater aus den Händen, steckte ihn in die Tasche und zog den Zippverschluss zu. Sie wirkte erleichtert. Desiree ging in ihr Zimmer.

»Wurschtelfrau, beeil dich!«, rief die Mama. »Ich muss wieder ins Geschäft zurück. Wie mich die Kronberger angerufen hat, dass sie kündigt wegen dem Kater, hab ich zugesperrt und bin gleich her, aber spätestens um drei muss ich zurück sein!«

Desiree kam aus ihrem Zimmer. Mit einem ziemlich prallen Turnbeutel in der Hand.

»Hast du heute Nachmittagsturnen?«, fragte die Mama.

Desiree gab keine Antwort. Sie nahm die Schultasche in die andere Hand und sagte: »Gehen wir, Mama!«

Die Mama packte die mauzende Reisetasche und lief aus der Wohnung, Desiree folgte ihr.

»Warum schleppst du die Schultasche zum Turnen mit?«, fragte die Mama, doch bevor Desiree zu einer Antwort kam, drückte die Mama den Liftknopf und schimpfte, dass der Lift andauernd im Keller unten und überhaupt ein indiskutabel mieses Stück sei. Und im Lift dann hatte die Mama ihre Schultaschenfrage anscheinend schon wieder vergessen. Da redete sie nur mehr davon, dass ihr Auto in einer winzigen Lücke geparkt sei und dass es schwierig sein werde, den Wagen aus dem Miniloch herauszubekommen.

5. Kapitel, *in welchem Desiree ihrem Leben eine grundlegende Wendung gibt, was aber zuerst von niemandem in der Familie wirklich ernst genommen wird.*

Desirees Großvater war der Vater der Mama. Die Großmutter, die zum Großvater gehört hatte, war seit zehn Jahren tot. Desiree konnte sich an diese Großmutter überhaupt nicht erinnern. Und den Großvater kannte sie auch nicht besonders gut. Der Großvater kam bloß ein paar Mal im Jahr, zu den großen Feiertagen, zu Besuch. Und besucht hatte ihn Desiree in der letzten Zeit überhaupt nur einmal im Jahr, zu seinem Geburtstag, mit Blumenstrauß, Sachertorte und drei Stangen Zigaretten. Die Mama sagte manchmal: »Mein Vater braucht keine Menschen, der ist eigen!« Desiree hatte den Verdacht, dass zwischen der Mama und dem Großvater keine allzu große Zuneigung war. Wenn die Mama Geschichten aus ihrer Kinderzeit erzählte, kam in denen nie der Großvater vor. Nur von der Großmutter und den Schwestern war dann die Rede, und fragte Desiree die Mama, wie der Großvater – seinerzeit als Vater – gewesen war, sagte die Mama immer nur: »Ach der! Der hat immer nur gelesen, wenn er zu Hause war. Oder er hat im Garten herumgearbeitet!«

Der Großvater wohnte gar nicht so weit entfernt von den Pistulkas, in einer Siedlung am Stadtrand. Die Siedlungshäuser waren ein halbes Jahrhundert alt. Sie hatten einen winzigen Vorgarten und einen kleinen Garten nach hinten hinaus. Desiree gefielen die Häuschen, weil sie so schnuckelig klein waren. Es hätte sie nicht weiter erstaunt, wären aus einer Haustür die sieben Zwerge getreten und hätten mit den roten Mützen gewinkt. Nur der Großvater, knappe ein Meter und neunzig Zentimeter groß, kam Desiree etwas unpassend für die Siedlung vor.

Als die Mama in den Siedlungsweg einbog, sagte sie: »Wenn da auch sonst alles kleinkariert ist, eins muss man zugeben: Hier ist ein wahres Parkplatzparadies. Da wohnen fast nur Uralte. Die waren alle schon alt, als ich noch ein Kind war.«

Die Mama hielt vor der Gartentür des Großvaters, die sich von den Nachbargartentürln durch einen großen, hölzernen, rot lackierten Briefkasten unterschied. Sie stieg aus dem Auto und holte die Reisetasche vom Rücksitz, aus der es jetzt laut und kläglich mauzte. Desiree nahm ihren Beutel und die Schultasche heraus.

»Lass das Zeug im Wagen«, sagte die Mama. »Ich setz dich nachher bei der Schule ab. So viel Zeit hab ich noch.«

Die Mama machte das Gartentürl auf und lief mit der mauzenden Reisetasche über den Steinplattenweg auf das Haus zu. Desiree ging langsam hinter ihr her; mit Beutel und Tasche. Der Großvater öffnete die Haustür, noch bevor die Mama einen Finger am Klingelknopf hatte. »Kommt rein«, sagte er. »Ich bin gerade beim Mittagessen.«

Desiree roch gebratenen Speck.

»Eier hab ich mir gemacht«, sagte der Großvater. »Fünfmal die Woche mach ich mir Eier. Mehr fällt mir nicht ein.«

Der Großvater ging in die Küche, die gleich neben dem winzigen Vorzimmer war. Er setzte sich an den Küchentisch, zum Teller mit den Speckeiern.

Desiree nahm der Mama die Reisetasche weg und holte den Kater heraus.

Der Kater zitterte ein bisschen.

»Hat er in die Tasche gemacht?«, fragte die Mama. Desiree schüttelte den Kopf und setzte sich zum Großvater auf die Bank und nahm den Kater auf den Schoß. Der Großvater aß und schielte dabei zum Kater hin.

»Ein schöner Kerl«, sagte er. »Der wird einmal riesengroß, das merk ich am Kopf!«

Die Mama lehnte in der Küchentür. Sie schaute auf die Uhr. »Wurschtelfrau, mach schnell«, sagte sie. »Ich hab's eilig.«

»Hast du es überhaupt nur eilig?«, fragte der Großvater.

»Leider«, sagte die Mama. »Ich leb nämlich nicht in Rente!«

»Kommt schneller, als du glaubst.« Der Großvater putzte mit einem Brotstück die letzten Speck-Eier-Fuzerln vom Teller.

Die Mama griff nach der Reisetasche und bedeutete Desiree aufzustehen. »Übrigens, Papa«, sagte sie, »glaub ich, dass man so eine Katze impfen muss. Die Kosten übernehm natürlich ich. Und wegen dem Fressen …«

Der Großvater unterbrach sie. »So ein kleiner Kerl frisst nicht viel.«

»Er wird aber größer«, sagte die Mama. »Und Fleisch ist teuer …«

Der Großvater unterbrach die Mama wieder. »Ich brauch kein Geld von dir. Absolut nicht.«

»Ganz wie du meinst!« Die Mama verzog ein bisschen das Gesicht. »Es lag mir fern, dich zu kränken.«

Der Großvater wendete sich zu Desiree. »Ich hab dem Kater Fisch gekocht«, sagte er. Er zeigte zur Kredenz. »Dort in dem Schüsserl. Fisch ist gesund für Katzen.«

Desiree trug den Anatol-Kater zur Kredenz und ließ ihn am Fisch schnuppern. Der Kater wurde ganz gierig. »Kriegst ihn schon, Anatol, kriegst ihn ja gleich!« Desiree stellte das Schüsserl mit dem Fisch auf den Boden, hob den Kater herunter und setzte ihn davor.

»Wie heißt er?«, fragte der Großvater.

»Anatol Homolka«, sagte Desiree.

»Homolka ist gut!« Der Großvater lachte. Er zeigte zum Fenster hin. »Die dort drüben, im Nachbarhaus, die alte Schachtel, die heißt auch Homolka. Jetzt kann ich in den Garten rausgehen und schreien: Homolka, du Luder, komm her!« Der Großvater lachte über diese hübsche Aussicht so sehr, dass er sich fast an einem Bissen Brot verschluckte.

»Desiree, wir müssen jetzt!« Die Mama trat von einem Stöckelschuhfuß auf den anderen.

Desiree strich dem Anatol-Kater ein paar Mal über den Rücken, dann ging sie zum Küchentisch zurück und setzte sich wieder neben den Großvater.

Die Mama nahm das mit gerunzelter Stirn zur Kenntnis.

»Mach dir keinen Kummer, Mädchen«, sagte der Großvater zu Desiree. »Ich pass auf den Homolka schon gut auf. Ich kenn mich aus mit Katzen. Ich hab ein paar gehabt. Früher. Viel früher! Aber bei den Katzen hat sich ja nicht so viel geändert, dass ich da nimmer mitkönnt!«

Desiree nickte.

Die Mama sagte wieder: »Wir müssen jetzt!«, und schaute ungeduldig auf die Armbanduhr.

Desiree sagte: »Ich möchte hierbleiben!«

»Du musst doch in die Schule«, sagte die Mama.

»Ich muss nicht in die Schule«, sagte Desiree.

»Aber du hast doch gesagt, dass du Nachmittagsturnen hast!«, rief die Mama.

»Das hab nicht ich gesagt, das hast du gesagt!«, rief Desiree.

»Und warum schleppst du dann den Turnbeutel mit?«, fragte die Mama. »Und die Schultasche?«

»Das ist nicht der Turnbeutel«, sagte Desiree. »Da ist mein Pyjama drinnen. Und Unterwäsche. Weil ich hierbleiben will!«

Die Mama schaute Desiree mit Kulleraugen an. »Über Nacht willst du hierbleiben?«, fragte sie.

»Ich will hier wohnen bleiben«, sagte Desiree. »Wenn es den Großvater nicht stört! Und meine anderen Sachen könnt ihr mir ja bringen, wenn ihr Zeit habt!«

»Wurschtelfrau, jetzt werd mir nicht komplett verrückt.«

Die Mama stellte die Reisetasche ab und kam zum Tisch. Sie setzte sich Desiree gegenüber. »Das geht doch nicht. Das ist doch heller Irrsinn«, sagte sie.

Desiree gab keine Antwort. Sie schaute bloß den Großvater an und wartete darauf, dass er etwas sagen werde. Aber der Großvater schwieg.

»Du kannst doch nicht einfach beim Großvater einziehen wegen dem Kater«, sagte die Mama. »Das ist absurd! Du wohnst zu Hause. Dir geht nichts ab. Du hast alles, was man haben kann. Und der Großvater ist doch alt. Dem kannst du das nicht zumuten. Was glaubst du denn? Der ist doch nicht daran gewohnt, mit einem Kind zusammenzuleben. Dich zu haben macht doch auch eine Menge Arbeit!« Die Mama zupfte beim Reden an ihren Stirnfransen. »Und der Schulweg wäre unheimlich weit! Und ganz abgesehen von allem kannst du nicht einfach bockig selber bestimmen, wo du wohnst! Dazu bist du wirklich noch ein paar Jahre zu jung!«

»Ich will aber trotzdem dableiben«, sagte Desiree.

Die Mama ließ von ihren Stirnfransen ab. »Vater, ich bitt dich«, rief sie, »sag du dem sturen Bock, dass das nicht geht! Dass sie nicht bei dir wohnen kann!«

Der Großvater schaute auf den leergegessenen Speckeierteller, auf die gelbbraunen Fetttupfer. Er stützte die Ellbogen auf den Tisch und drehte aus den Schnurrbartzipfeln zwischen Daumen und Zeigefingern harte, dünne Enden. »Warum sollte ich?«, sagte er. »Von mir aus kann sie dableiben! Ich hab nichts dagegen. Ich nehm, wenn's sein soll, zum Kater auch eine Enkeltochter dazu! Sie wird ja merken, ob es ihr bei mir taugt. Wenn es ihr nicht gefällt, kann sie ja wieder umziehen!«

»Das ist wieder einmal typisch für dich«, fauchte die Mama den Großvater an. »Zeigst dich ja unheimlich kooperativ! Total aufgeschlossen für meine Probleme!«

Der Großvater zuckte mit den Schultern.

»Und es macht dir anscheinend noch Spaß!«, rief die Mama.

»Das wird sich erst weisen, ob es spaßig ist, mit deiner Tochter unter einem Dach zu leben.« Der Großvater legte einen Arm um Desirees Schultern. »Aber ich bin bereit, es auszuprobieren.«

»Dann bleibe ich hier!« Desiree schaute die Mama an.

Die Mama sprang auf. »Ihr spinnt ja alle zwei!«, rief sie. »Ihr seid ja komplett drüber! Einer kindischer als der andere!« Richtig nach Atem ringen musste die Mama, um weitersprechen zu können. »Dabei ist mir bis jetzt noch nie aufgefallen, dass ihr euch so unheimlich liebt! Ihr seid sehr gut ohne einander ausgekommen!«

»Darum geht es doch wirklich nicht, Paula«, sagte der Großvater.

Die Mama starrte den Großvater bitterböse an. »Na schön«, sagte sie. »Ich kann meine Tochter ja wohl nicht aus dem Häusel rausprügeln! Ich geh jetzt! Am Abend wird der Fritz kommen und sie heimholen!« Die Mama drehte sich um und marschierte aus der Küche. Mit einem Riesenknall fiel zuerst die Küchentür ins Schloss und dann die Haustür.

Der Anatol-Kater flüchtete vor Schreck unter die Kredenz. Desiree schaute aus dem Küchenfenster. Sie sah die Mama zum Auto laufen, einsteigen und davonbrausen.

»Das Gartentürl hat sie schon als Kind nie zugemacht«, murmelte der Großvater.

»Wo kann ich denn schlafen?«, fragte Desiree.

»Oben«, sagte der Großvater, »in welchem Zimmer, ist mir wurscht!«

Das Siedlungshaus hatte zu ebener Erde eine Küche, ein Wohnzimmer und ein Schlafzimmer, ein Bad und ein Klo. Unter dem Spitzdach, über eine Treppe, die eher eine Leiter war, kam man zu zwei kleinen Mansardenzimmern. Eins davon hatte früher Desirees Mama bewohnt, eins ihre Schwestern. Desiree entschied sich für das ehemalige Mama-Zimmer. Der Großvater meinte, man müsse dort saubermachen. Seit einem Jahr, sagte er, habe dort niemand mehr gewohnt. Desiree erkundigte sich, wer denn vor einem Jahr dort gewohnt hatte.

»Du bist nicht der erste Flüchtling, dem ich Unterschlupf geb«, kicherte der Großvater. »Die Andrea, voriges Jahr, wie sie sich mit deiner Tante Sonja total zerstritten hat, die war drei Monate lang bei mir. Bis sie dann zu ihrem Freund gezogen ist!« Der Großvater ließ Wasser in einen Plastikkübel rinnen und spritzte Putzmittel dazu. Dann suchte er nach Wischtüchern. »Aber weißt du«, sagte er, »ich glaube, du irrst dich. Du wirst den Kater trotzdem nicht durchsetzen. Der Paula ist diese allergische Kronberger zu wichtig!«

»Das weiß ich doch«, sagte Desiree.

»Aber du willst sie doch erpressen oder sehe ich das falsch?«, fragte der Großvater. »Ich mein, du denkst doch, dass sie sich umstimmen lassen, wenn du bei mir bist!«

Desiree schüttelte den Kopf.

»Denkst du nicht? Willst du nicht?« Der Großvater schien unheimlich erstaunt. »Oh, du liebes Jesulein«, murmelte er und seufzte. »Das heißt also, du willst echt bei mir wohnen? Auf Dauer?«

Desiree nickte. »Nur wenn es dir nichts ausmacht, natürlich«, sagte sie.

Der Großvater ließ einen Wischfetzen ins Putzwasser fallen, steckte einen zweiten Wischfetzen unter eine Achsel, packte den Wasserkübel am Henkel, ging zur Leitertreppe ins Vorzimmer und rief: »Na, dann komm, mein Mädchen! Dann müssen wir ja wirklich gründlich saubermachen! Nicht nur so hudriwudri drüberwischen!«

»Ich kann das aber allein saubermachen«, sagte Desiree, »du musst nicht mitkommen, ich mein, wenn du eine andere Arbeit hast, wenn du keine Zeit hast, mein ich«, sagte Desiree.

Der Großvater kletterte mit dem Wasserkübel über die Leitertreppe hinauf. »Ach, mein Mädchen«, rief er nach unten, »du hast vielleicht Vorstellungen! So viel Zeit, wie einer wie ich hat, gibt's fast gar nicht!«

Und dann rief der Großvater noch nach unten, dass Besen und Schaufel in der Abstellkammer seien, im Verschlag unter der Leitertreppe. Desiree holte Besen und Bartwisch und Schaufel aus dem Verschlag und kletterte hinter dem

Opa her. Dabei pfiff sie leise und sehr falsch *Fuchs, du hast die Gans gestohlen.*

Das ehemalige Mama-Zimmer war ziemlich klein. Aufrecht stehen konnte man nur in der einen Zimmerhälfte. Unter der schrägen Mansardenwand stand ein Bett, daneben ein kleiner Tisch mit drei Beinen und einer Tischplatte in Nierenfasson. Vor dem Tisch war ein dreibeiniger Hocker mit einem Sitz aus hustenzuckerlbraunem Plastik. Unter dem Fenster war eine Schreibplatte angeschraubt. An der geraden Zimmerwand stand ein dreiteiliger Schrank. Alle Möbelstücke waren aus kackebraun-senfgelb gemasertem Holz. Über dem Bett lag eine kochsalatgrüne Überdecke mit schwarzen Mustern. Es gab keine Bilder an den Wänden und keine Vorhänge vor den Fenstern. Kahl wie eine Gefängniszelle kam Desiree das Zimmer vor.

Der Großvater machte sich ans Fensterputzen, Desiree kehrte den Boden auf.

»Schaut recht trostlos aus, was?«, fragte der Großvater.

Desiree erklärte, dass ihr Mobiliar und Zierat schnuppe seien.

»Du könntest die Sachen ja rosa lackieren«, sagte der Großvater. »Rosa ist doch deine Leibfarbe, oder?«

»Nimmermehr!«, lehnte Desiree ab. »Jetzt steh ich auf Eisblau! Aber ich lackier lieber gar nicht, weil ich ja nicht weiß, wie lang ich Eisblau mag. Das kann sich schnell ändern!«

»Die Wände könnten wir aber neu anmalen«, sagte der

Großvater. »Weiß! Das kann nie falsch sein. Nur würd ich damit warten, ob sie dich nicht doch heimholen. Weil, ein Recht darauf haben sie. Das weißt du ja!«

Desiree war mit dem Aufkehren fertig und machte sich über den Möbelstaub her. »Ach«, sagte sie, »der Papa soll nur kommen. Der wird nichts erreichen bei mir. Weil nämlich ...« Desiree schwieg.

»Weil nämlich was?«, fragte der Großvater.

»Weil ich ihnen ja nicht echt abgeh«, sagte Desiree.

»Das weiß man nie«, sagte der Großvater.

»Doch«, sagte Desiree. »Das weiß man!«

Nach gut zwei Stunden Putzarbeit war das Mama-Zimmer blitzblank, und wie eine Gefängniszelle sah es auch nicht mehr aus, denn der Großvater hatte aus den anderen Zimmern allerhand zur Verschönerung herbeigetragen. Weiße Vorhänge, mit Vergissmeinnichtsträußen bedruckt, eine Stehlampe mit Goldfuß und Seidenfransenschirm, eine blaue Samtdecke für den Nierentisch, einen Persermusterbettvorleger, einen Wandspiegel mit Goldrahmen, eine Nachtkastellampe mit einem rosa Schirm aus Glas, der einer Tulpe nachgeformt war, einen Strohkorb als Papierkorb und einen riesigen Teddybären; wem der einmal gehört hatte, wusste der Großvater nicht mehr. Das Bett hatte der Großvater mit blauweiß kariertem Bettzeug überzogen. Desiree setzte den Riesenteddy auf das blauweiß karierte Bett.

»Jetzt ist alles unheimlich prima!«, sagte sie, und dabei knurrte ihr Magen so laut, dass es auch der Großvater hörte. Er wunderte sich, dass ein Magen so laut knurren kann.

Desiree verschwieg ihm, dass sie kein Mittagessen gehabt hatte. Der Großvater fragte, ob Desirees knurrender Magen mit Erdbeeren zu besänftigen sei. In der Küche, sagte er, habe er eine ganze Schüssel Erdbeeren, selber gepflückte, aus dem Hintergarten. Die seien viel besser als gekaufte.

Als sie in die Küche kamen, stand der Kater auf dem Küchenboden bei einem kleinen Haufen Scheiße und scharrte mit einer Vorderpfote auf dem Linoleum herum. Desiree erschrak, aber der Großvater lachte bloß und putzte den Katzendreck weg. »Er braucht ein Kistel, ist ja klar«, sagte er.

»Die Mama hat gesagt, bei dir kann er in den Garten machen«, sagte Desiree.

»Später, wenn er groß ist«, meinte der Großvater. »Jetzt lass ich ihn noch nicht raus, er könnt sich verlaufen.« Der Großvater suchte nach einem Ding, das als Katzenkistel herhalten konnte.

Desiree machte sich über die Erdbeeren her. Und aß Kekse dazu.

Der Großvater fand kein entsprechendes Gefäß. Die Dinger, die er fand, hatten entweder einen zu hohen oder einen zu niederen Rand. Aus den einen hätte der Kater beim Scharren den ganzen Sand geschmissen, in die anderen hätte er nicht leicht reinklettern können. »Ach was«, rief der Großvater schließlich, »dann nehm ich halt die Bratpfanne!« Er holte die große Bratpfanne aus der Kredenz. »Die passt ausgezeichnet«, sagte er. »Und wenn wir einmal einen Braten machen wollen, müssen wir sie eben gut auswaschen!«

»Igittigitt«, kicherte Desiree. Der Großvater kicherte

auch und sagte, er kenne ein paar Leute, denen würde er liebend gern Braten aus dieser Pfanne servieren.

Aus dem Verschlag unter der Leitertreppe nahm der Großvater einen Sack Streusand und füllte damit die Bratpfanne. Er stellte das Katzenklo ins Vorzimmer, neben die Küchentür. Der Anatol bestieg es sofort und machte in dem Sand einen kleinen, nassen Fleck. Der Großvater lobte ihn dafür. Dann sagte er, nun müsse er über das Nachtmahl nachdenken. Desiree meinte, ihren prallen Erdbeerbauch beklopfend, dass sie sicher keinen Nachtmahlhunger haben werde; sie hatte die ganze große Erdbeerschüssel leergefuttert und drei Packungen alte, bröselige Kekse dazu gemampft. Aber der Großvater bestand auf einem Nachtmahl. »Essen und Trinken hält Leib und Seele zusammen«, sagte er. Er überlegte, was er an Vorräten zu Hause hatte und was daraus zu kochen sei. Von Wurst in Essig und Öl über Heringssalat bis zu Eiernockerln bot er Desiree allerhand an, doch dann rief er: »Geht ja nicht! Heut ist Montag! Das hab ich ja glatt vergessen durch die ganze Aufregung. Montag bin ich immer bei der alten Lobmeier zum Nachtmahl. Dort gibt's heut ...« Der Großvater überlegte laut. »Vorigen Montag hat's Blunzen gegeben, vorvorigen Montag hat's Gulasch gegeben, also gibt's heut Schweinsbraten. Weil, die alte Lobmeier kocht die drei Sachen am Montag immer im Kreis herum, seit zehn Jahren!«

Desiree sagte dem Großvater, er solle ruhig zur alten Lobmeier gehen, sie werde, falls sie Hunger bekomme, ein paar Kekse essen.

»Kommt doch nicht in Frage!«, protestierte der Großvater. »Entweder kommst du mit zur Lobmeier oder ich bleib auch zu Haus. Ich lass dich doch nicht allein. Noch dazu in der ersten Nacht, in einem fremden Bett!«

Desiree beteuerte, dass sie ans Alleinsein gewohnt sei, dass sie von sieben Tagen fünf Abende allein zubringe, dass ihr das gar nichts ausmache.

»Aber nicht bei mir!«, sagte der Großvater.

Da Desiree den Großvater nicht um sein Montagsvergnügen bringen wollte, erklärte sie sich bereit, zur alten Lobmeier mitzugehen, und war sich ziemlich sicher, dass sie ein unheimlich langweiliges Nachtmahl vor sich hatte. Die alte Lobmeier wohnte am gleichen Siedlungsweg wie der Großvater, im Haus neben der Frau, die Homolka hieß. Um Punkt sieben Uhr machten sich Desiree und der Großvater auf den Weg zur alten Lobmeier. Desiree klebte mit Kaugummi einen Zettel an die Haustür, auf dem stand: WIR SIND AUF NUMMER 26! Der Zettel war für den Papa bestimmt, den die Mama ja angedroht hatte. Der Großvater hatte gesagt: »Wir müssen Nachricht hinterlassen, sonst schaut das aus, als wären wir auf der Flucht!«

Das Schweinsbratennachtmahl wurde nicht langweilig. Im Haus Nummer 26 wohnte nämlich nicht nur die alte Lobmeier. Auch die mittlere Lobmeier, die junge Lobmeier und die kleine Lobmeier wohnten dort.

Die kleine Lobmeier war um ein Jahr jünger als Desiree, sie hieß Kathi und hatte brandrote Haare, Sommersprossen auf den Wangen und eine Stimme, in der Kichererbsen kullerten. Sie trug Desiree ihre Freundschaft an und sagte, dass es sonst in der Siedlung – bis auf ein paar blöde Buben – niemanden gäbe, der ihrer Freundschaft würdig sei. Die Kathi war sehr dünn. Die anderen drei Lobmeierinnen waren sehr dick. Die Kathi sagte zu Desiree: »Aber das liegt bei uns in der Familie, ich hab auch nur mehr ein paar dünne Jahre vor mir. Dann werd ich auch blad!«

Das Lobmeier-Haus hatte haargenau die gleiche Zimmeraufteilung wie das Haus vom Großvater und die Kathi wohnte – so wie Desiree – unter dem Dach, auf der linken Seite. Nach dem Schweinsbratenessen lud die Kathi Desiree in ihr Zimmer ein, weil sie beim Nachtmahltisch nicht gut mit Desiree reden konnte. Der Großvater und die drei Lobmeierinnen besprachen nämlich die Weltlage und fielen sich dabei gegenseitig ins Wort und brüllten hin und wieder auch recht laut, wenn sie nicht einer Meinung waren.

Das Zimmer von der Kathi war sehr gemütlich. Alle Wände waren voll Fotos und Poster und Illustriertenseiten. Sogar an der Zimmerdecke waren Bilder. Kathis Lieblingsbilder. »So seh ich sie am Abend vor dem Einschlafen am besten!«, sagte die Kathi.

Am Fensterbrett hatte die Kathi einen Vogelkäfig mit zwei Wellensittichen. Hanna und Hugo hießen die Sittiche, und die Kathi sagte, die beiden liebten einander mächtig. Unter dem Bett hatte die Kathi einen Hamsterkäfig mit drei Hamstern. Joschi, Ferdi und Karli hießen die Hamster. Der Ferdi und der Karli waren Weibchen. »Aber das hab ich damals, wie ich sie mir gekauft habe, noch nicht gewusst!«, sagte die Kathi. Neben der Zimmertür hochgestapelt, hatte die Kathi gut einen halben Kubikmeter Illustrierte. Sie blätterte mit Desiree viele Illustrierte durch, und Desiree schnitt sich Fotos aus, die sie als Wandschmuck für ihr neues Zimmer brauchen konnte. Die Kathi klärte Desiree auch über die Autobusabfahrtszeiten, von der Siedlung zur Straßenbahnhaltestelle hinunter, auf.

Sie sagte: »Wenn du auch den Bus nimmst, den ich immer in der Früh nehme, bist du um drei viertel acht bei der Bimbim unten und mit der Bimbim brauchst du nur zehn Minuten bis zu deiner Schule!«

Desiree freute sich darauf, von nun an jeden Morgen mit der Kathi fahren zu können.

»Aber steck dir etwas Spitzes ein, eine Nagelfeile oder so was Ähnliches«, sagte die Kathi. »Weil, im Bus, in dem wir fahren, da sind immer die zwei blöden Berger-Buben und gegen die brauchen wir Waffen.«

Als Desiree mit dem Großvater vom Lobmeier-Haus heimging, fragte sie ihn: »Und Mann haben die keinen? Alle drei nicht?«

»Nein«, sagte der Großvater. »Nie gehabt! Ich mein, so mit Heiraten und Zusammenleben und so. Sie sagen alle drei, dass sie gern einen Mann hätten. Oder gehabt hätten, früher. Und dass die Männer Schufte waren und weggelaufen sind!« Der Großvater kicherte. »Aber das gibt's ja nicht. Dreimal hintereinander in einer Familie! In Wirklichkeit, glaub ich, wollen die Lobmeierinnen keine Männer! Aber wenn man ihnen das sagt, werden sie wild!«

Desiree hätte die Lobmeier'sche Männerlosigkeit noch gern weiter besprochen, doch da sah sie, dass vor dem Garten vom Großvater ein Auto parkte, und erkannte es als Papas Auto. Im Auto drinnen war niemand. Der Papa saß auf der Steinstufe vor der Haustür vom Großvater. Desiree hatte für diesen Abend nicht wirklich mit dem Papa gerechnet, weil der Papa ja meistens erst gegen Mitternacht nach Hause kam. Und Mitternacht wäre kein Termin gewesen, die Tochter vom Großvater heimzuholen.

Desiree griff nach der Hand des Großvaters. Der Großvater nahm Desirees Hand und hielt sie fest. Hand in Hand gingen sie in den Garten hinein, auf den Papa zu.

Der Papa erhob sich. »Ich hab hier gewartet«, sagte er und deutete auf den Zettel an der Haustür. »Ich wollt nicht bei fremden Leuten reinplatzen!«

»Hättest ruhig können!« Der Großvater sperrte die Haustür auf. Er knipste im Vorzimmer, weil es schon dämmrig war, Licht an. Der Anatol hockte in der offenen Küchentür und mauzte und der Großvater deutete dies als Anzeichen von Fresslust. Er ging in die Küche und holte Fisch aus dem Kühlschrank. Der Anatol Homolka roch den Fisch und lief hinter ihm her.

»Na, Wurschtelfrau, hast schon ausgetrutzt?«, fragte der Papa.

Desiree zuckte mit den Schultern und gab keine Antwort, weil sie das Wort »trutzen« blödsinnig fand; erstens überhaupt und zweitens als Bezeichnung für das, was sie getan hatte.

»Also nicht, Wurschtelfrau?«, fragte der Papa.

Desiree zuckte wieder mit den Schultern.

»So gern kann man ein Vieh gar nicht haben, dass man deswegen seine Familie verlässt«, rief der Papa. »Da übertreibst du, Wurschtelfrau! Noch dazu, wo du den Kater doch erst ein paar Tage hast.«

Der Großvater schnitt ein Stück Fisch klein. »Vielleicht ist es nicht nur wegen dem Kater«, sagte er.

»Sondern weswegen?« Der Papa runzelte die Stirn.

»Nur so halt«, murmelte der Großvater. »Jedenfalls solltest du nicht übertreiben. Das Kind hat niemanden verlassen. Das ist ein zu gewaltiger Ausdruck dafür! Sie ist nur vorübergehend zu mir gezogen.«

»O.k.!«, rief der Papa. »Und wann bitte wird das Vorübergehende vorüber sein?«

»Das wirst du ja wohl abwarten können«, sagte der Großvater. »Seid doch nicht alle immer so ungeduldig.«

»Deine Mutter hockt zu Hause und weint«, sagte der Papa.

»Ich bin ergriffen«, murmelte der Großvater. Es klang nicht so, als ob er wirklich ergriffen wäre.

»Ätz nicht«, sagte der Papa zum Großvater. »Mütter sind eben so, die heulen leicht!«

»Sicher, sicher!« Der Großvater nickte.

»Und solche Untame, dass uns das Kind davonrennen muss, sind wir schließlich auch nicht!«

»Sicher nicht, sicher nicht!« Der Großvater schüttelte den Kopf. Dann sagte er:

»Aber sie ist ja nicht davongerannt! Ihr könnt kommen, sooft ihr wollt! Und sie hat keinen Schwur abgelegt, dass sie eure Wohnung nie mehr betritt!«

Der Großvater tat den kleingeschnittenen Fisch auf ein Brett und stellte es auf den Boden. Der Kater machte sich über den Fisch her.

»Jetzt fahr brav heim, lieber Fritz«, sagte der Großvater zum Papa. »Und erklär der Paula, dass es ihrer Tochter gutgeht und dass man nicht heulen braucht, wenn es jemandem gutgeht!«

»Na schön!« Der Papa seufzte. »Aber ich kann nicht garantieren, dass sie mich morgen nicht wieder schickt. Oder selber kommt!«

»Ich muss mir morgen Sachen holen«, sagte Desiree. »Nach der Schule. Kleider und so.«

»Komm am Abend, wenn ich daheim bin«, sagte der Papa. »Ich fahr dich dann mit den Sachen her.«

»Ab wann bist du zu Haus?«, fragte Desiree.

Der Papa dachte nach. »Morgen? Das kann ich jetzt nicht sagen. Ich weiß im Moment meine Termine nicht. Ruf mich morgen im Büro an, Wurschtelfrau.«

»Wann soll ich anrufen?«, fragte Desiree, weil es nie leicht war, den Papa im Büro zu erreichen. Rief man dort an, sagte das Vorzimmerfräulein meistens, der Herr Doktor sei gerade weggegangen oder in einer Besprechung oder er telefoniere am anderen Apparat und das könne noch lange dauern.

»Ruf mich gegen …« Der Papa dachte wieder nach. »Gegen zwei? Nein, da bin ich nicht im Haus. Gegen drei, eher.

Nein, das ist auch dumm. Aber halb elf ist gut! Ja, das geht! Da bin ich garantiert da!«

Desiree erklärte dem Papa, sie könne doch nicht mitten in einer Schulstunde telefonieren gehen. Das sah der Papa ein. Er sagte: »Dann ruf irgendwann einmal – nach der Schule – an. Ich hinterlasse eine Botschaft!«

Desiree nickte ohne Begeisterung. Botschaften, die der Papa angeblich hinterlassen hatte, gelangten, das wusste sie aus Erfahrung, selten zu ihr. Ob das am Papa oder an seinem Vorzimmerfräulein lag, war für Desiree nicht zu entscheiden.

»Na, dann bis demnächst«, sagte der Papa. Er gab dem Großvater die Hand. Er schmatzte Desiree einen Kuss auf die Wange. Hierauf marschierte er ab.

Der Großvater wartete, bis die Haustür zugefallen war, dann sagte er zu Desiree: »Na, Mädchen, das hättest du ja nun auch geschafft!«

6. Kapitel, *in dem Desiree in kurzer Zeit Erfahrungen sammelt, die sie im Hause Pistulka wohl nie gemacht hätte, und außerdem eine Blutsschwesternschaft auf ewig besiegelt.*

Desiree war mit dem Leben beim Großvater sehr zufrieden. Sie mochte ihr kleines Zimmer unter dem Dach, sie mochte das ganze Großvater-Haus und den Großvater-Garten. Sie mochte vor allem den Großvater. Sie konnte überhaupt nicht mehr verstehen, dass sie fast dreizehn Jahre ohne den Großvater ausgekommen war. Und die Lobmeier-Kathi bereicherte Desirees Leben ganz besonders. Ab Mittwoch, dem dritten Tag beim Großvater, hatte Desiree mit der Kathi nicht bloß eine normale Freundschaft, sondern eine »Blutsschwesternschaft«. Das war so gekommen:

Mittwoch, fünf Minuten vor halb acht, stand die Kathi wie ausgemacht vor dem Gartentürl. Desiree sah sie vom Küchenfenster aus, stopfte das letzte Stückerl vom Kipfel in den Mund, sagte: »Ciao dann, Großvater«, gab dem Anatol einen Kuss zwischen die Ohren, schnappte die Schultasche und lief aus dem Haus, zur Kathi. Die Kathi gähnte. Sie war unausgeschlafen. Die Kathi schlief oft zu wenig, weil sie schrecklich gern las und ein Buch, das sie am Abend angefangen hatte, nicht zuklappen konnte, bevor sie die Geschichte zu Ende gelesen hatte.

Desiree ging mit der gähnenden Kathi den Siedlungsweg

zur Hauptstraße hinunter. Zur Bushaltestelle. Auf der anderen Wegseite, ein paar Schritte hinter ihnen, gingen die zwei Berger-Buben. Die Kathi sagte: »Gehen wir schneller! Sonst stänkern sie. Bei der Haltestelle sind sicher Leute, da haben wir dann einen Schutz!«

Desiree drehte sich um und schaute die Berger-Buben an. Sie kamen ihr nicht gefährlich vor; eher klein und mickrig. Sie sagte: »Spinnst! Wegen der zwei Wappler renn ich doch nicht. Das sind Fliegengewichte!«

»Die haben mich einmal blaugehaut«, sagte die Kathi und fing zu laufen an.

Desiree musste auch laufen, um neben der Kathi zu bleiben. »Aber da warst allein«, sagte sie. »Jetzt steht's zwei gegen zwei! Gegen die Wappler können wir siegen!«

Desiree wunderte sich über die Kathi. Und hätte Desiree vorher gewusst, wie die zwei Berger-Knaben wirklich aussahen, hätte sie die Nagelfeile vom Großvater nicht als Waffe in die Potasche der Jeans gesteckt.

»Jetzt renn nicht!«, sagte Desiree und hielt die Kathi am Hosenbund fest und blieb stehen.

Die Kathi schaute nach hinten und sagte flehend: »So komm doch! Jetzt holen sie auf! Die sind gleich bei uns!«

»Das sollen sie ruhig!« Desiree hielt den Hosenbund der Kathi fest umklammert. Die Kathi musste neben ihr ausharren.

»Die zwei Wappler sollen nur kommen! Ich renn vor keinem davon!«

Die Kathi schielte ängstlich zu den Berger-Buben. Aber

die kamen nicht näher. Die waren auch stehen geblieben. Ungefähr in sechs Meter Entfernung standen sie und glotzten.

»Bist du so gut im Raufen?«, fragte die Kathi.

»Weiß ich nicht«, sagte Desiree und hielt die Kathi weiter am Hosenbund fest. »Ich rauf nur mit meinem Bruder und dem Anatol. Aber nicht auf ernst. Beißen und zwicken und kratzen ist bei uns verboten!« Desiree schaute den großen Berger-Bub abschätzend an. »Wenn du den Kleinen übernimmst, trau ich mir den Großen mit Leichtigkeit zu!«

Die Kathi sagte: »Lass dich da drauf nicht ein. Ich kann nichts dafür, aber wenn einer auf mich losgeht, renn ich. Ich bin feig!«

»Im Moment geht keiner los«, sagte Desiree. »Schau doch! Kein Fuzerl kommen sie näher!«

»Aber wir versäumen den Bus«, jammerte die Kathi.

Dieses Argument beeindruckte Desiree. Ohne die Kathi loszulassen, ging sie weiter. »Aber nur nicht rennen!«, sagte sie dabei zur Kathi. »Ganz ruhig bleiben! Du hast nämlich keine Angst!«

Die Berger-Buben holten ein paar Schritte auf. Im Drei-Meter-Abstand folgten sie Desiree und Kathi und der größere Berger-Bub rief: »Kathi, wer ist denn der Trampel neben dir?«

Ohne sich umzudrehen, rief Desiree: »Ich heiße Desiree Pistulka und wohne ab jetzt in der Siedlung bei meinem Großvater!« Und dann spürte Desiree einen stechenden Schmerz an der linken Wade. Einer der Berger-Buben hatte einen Stein nach ihr geworfen. Einen ziemlich großen

Stein. Desiree ließ Kathis Hosenbund los und brüllte: »Seid ihr blöd geworden, ihr Wappler? Ich hab euch doch nichts getan!« Sie rannte auf den größeren Berger-Buben los und gab ihm eine Ohrfeige. Eine klatschende Ohrfeige, die fünf brandrote Abdrücke auf seiner Wange hinterließ. Und weil ihr der Titus einmal gesagt hatte, man müsse einen Gegner überrumpeln und total erledigen, bevor der überhaupt noch zur Gegenaktion kommt, gab sie dem Berger-Buben eine zweite Ohrfeige und trat ihm gegen das Schienbein und holte mit der Schultasche weit aus und wummerte sie dem Berger-Buben in den Bauch. Der Berger-Bub heulte auf und wollte sich auf Desiree stürzen, doch Desiree holte ein zweites Mal mit der Schultasche aus, noch gewaltiger, mit noch mehr Kraft. Die sausende Schultasche traf den Berger-Buben an der Schulter. Er taumelte und fiel hin.

»Lass dir das eine Warnung sein«, sprach Desiree und lief der Haltestelle zu. Der Bus wartete bereits und die Kathi war schon im Bus. Sie stand in der offenen Bustür und winkte aufgeregt. Desiree lief schneller. Nicht aus Angst vor den Berger-Buben, sondern aus Angst, den Bus zu versäumen. Kaum war Desiree im Bus, klappten die Türen zu und der Bus fuhr ab. Desiree keuchte. Sie war ziemlich mitgenommen von ihrer sportlichen Morgenleistung. Und ihr rechter Zeigefinger blutete. »Der Depp hat ein kantiges Flinserl im Ohr gehabt«, sagte Desiree zur Kathi. »An dem hab ich mir die Haut aufgerissen!« Sie steckte den Zeigefinger in den Mund und saugte Blut.

»Bist mir bös?«, fragte die Kathi.

Desiree schüttelte den Kopf.

»Es kommt über mich«, sagte die Kathi. »Ich muss rennen.«

Desiree lächelte der Kathi zu. »Ich hab dich eh nicht 'braucht«, sagte sie. »Weil der Kleine sich nicht eingemischt hat.«

Desiree und Kathi setzten sich auf ein freies Bankerl. Desiree merkte, dass die Kathi an einem Hosenbein, über dem Knie, ein Loch hatte. Das war vorher nicht da gewesen. Um das Loch herum war der Hosenstoff dreckig. Und der ausgefranste Lochrand war rot eingefärbt.

»Ich bin beim Weglaufen hingefallen«, sagte die Kathi todtraurig. »Nicht einmal das kann ich richtig!«

»Tut's weh?« Desiree war ehrlich besorgt, aber die Kathi schüttelte den Kopf. Da kam Desiree ein Einfall. »Zieh's Hosenbein hoch«, verlangte sie. Die Kathi wurstelte am Hosenbein herum, bis sie das Knie frei hatte. Die Kniewunde war nicht groß, aber ein dicker Blutstropfen war auf ihr. Desiree legte den Zeigefinger, den sie sich am Flinserl vom Berger-Buben aufgerissen hatte, mit der Schnittstelle auf Kathis Wunde. Die Kathi stöhnte ein bisschen.

»Das brennt«, sagte sie.

»Aber jetzt rinnt unser Blut zusammen«, sagte Desiree. »Deins in meins und meins in deins!«

»Echt?«, fragte die Kathi.

»Nicht wirklich echt, nur symbolisch echt«, sagte Desiree. »Andere, die Blutsfreundschaft machen, schneiden sich dafür extra auf, das haben wir uns erspart.«

Die Kathi nickte begeistert. Sie schaute gar nicht mehr traurig. Sie lachte sogar ein bisschen und sagte: »Jetzt kriegst du ein bissel von meiner Angst und ich ein bissel von deiner Courage. Nur symbolisch natürlich!«

Desiree stieg bei der Endstation von der Straßenbahnlinie aus. Die Kathi musste noch eine Station weiter fahren. Beim Abschied sagte die Kathi zu Desiree: »Ich wart zu Mittag auf dich. Damit wir zusammen rauffahren können!«

Desiree wusste, dass die Kathi um eine Stunde früher aus der Schule kam. Eine Stunde bei der Endstation zu stehen und zu warten, fand Desiree sehr langweilig für die Kathi. Das sagte sie aber nicht, weil ihr klar war, dass sich die Kathi wegen der Rachegelüste der Berger-Buben nicht allein in die Siedlung zurückwagte. Sie sagte bloß: »O.k.! Das ist lieb von dir! Ich werd mich beeilen!«

Zu Mittag, als Desiree und Kathi bei der Siedlung aus dem Bus stiegen, saßen die Berger-Buben im Wartehäuschen der Bushaltestelle auf dem Bankerl. Vier Berger-Buben saßen dort. Ein ganz großer und ein ganz kleiner waren dazugekommen.

Die Kathi wurde blass. »Der Große ist der Ferdi«, sagte sie. »Der ist besonders gemein. Renn los, gegen den kannst dich nicht wehren!« Und dann rannte die Kathi dem Siedlungsweg zu. Anscheinend hatte die Blutsschwesternschaft doch keine Wirkung in Sachen Mut und Courage gehabt; nicht einmal symbolisch.

Desiree schaute sich die vier Stück Berger an. Der ganz große, der Ferdi, war nur um einen halben Kopf größer als der, den sie am Morgen verdroschen hatte, und der ganz kleine war bloß ein Kindergartenzwerg. Trotzdem war sich Desiree klar, dass sie gegen vier Stück Berger auf einmal keine Chance hatte. Sie überlegte, was zu tun sei. Davonlaufen schien ihr weder eine heldenhafte noch eine garantiert erfolgversprechende Möglichkeit; sie hatte ja keine Ahnung, ob die Berger miese oder gute Renner waren. Und langsam und gelassen – so als ob nichts wäre – davongehen fand Desiree auch unklug, denn der Steinwurf vom Morgen war ihr noch in schmerzhafter Erinnerung.

Desiree schaute die Straße hinunter und die Straße hinauf. Nach einem Erwachsenen hielt sie Ausschau. Nach einem, dem sie sich anschließen konnte. Wenn ich dicht neben einem Erwachsenen gehe, dachte sie, dann werden sie nicht wagen mich anzugreifen. Und wenn sie es trotzdem tun, dann wird mich der Erwachsene in Schutz nehmen. Aber leider war die Straße total menschenleer. Nirgendwo war ein brauchbares Erwachsenen-Exemplar zu sehen. Die zwei alten Frauen, die mit Kathi und Desiree aus dem Bus gestiegen waren, waren schon in einem Haus verschwunden.

Der Ferdi Berger erhob sich von der Bank. Er kam zu Desiree, gab ihr einen Boxer in die Rippen und sagte: »Du hast meinen Bruder gehaut!«

»Weil er mit einem Stein geworfen hat!« Desiree blickte dem Ferdi starr in die Augen, weil ihr der Anatol Homolka einmal erklärt hatte, einen Gegner müsse man fixieren, dann verlasse den gleich die Angriffslust. Doch das wirkte beim Ferdi nicht. Er boxte ein zweites Mal. Und Desirees Morgengegner kam jetzt auch her und boxte Desiree auch in die Rippen. Und der Ferdi sagte: »Er hat eine Krankheit auf der Bronchitis, man darf ihn nicht hauen!«

»Dann soll er nicht anfangen, der Depp!«, rief Desiree und wich einen Schritt zurück. Die zwei Berger rückten nach.

»Hab ich ja nicht!«, sagte der Morgengegner und boxte wieder.

»Hat er ja nicht!«, sagte der Ferdi und boxte auch wieder.

Der, der am Morgen verdödelt der Niederlage seines Bruders zugeschaut hatte, sprang von der Bank auf, lief herbei und riss Desiree die Schultasche aus der Hand. Der Kindergartenzwerg sprang auf die Bank, hopste aufgeregt herum und brüllte: »Haut sie! Gebt's ihr! Haut's drauflos!«

Der, der Desirees Schultasche hatte, stand ein paar Schritte von Desiree entfernt, öffnete die Taschenschnallen, kippte die Schultasche und beutelte sie. Als Desiree ihre Hefte, die Buntstifte, die Bücher und den anderen Schulkram zu Boden fallen sah, wurde sie so wütend, dass sie alle gebotene Vorsicht vergaß. Sie trat dem Ferdi gegen ein Schienbein, hieb ihrem Morgengegner eine Faust in den Magen, bekam dadurch den Weg frei, stürzte sich auf den Schultaschenräuber, riss ihm die leere Tasche aus den Händen, gab ihm eine Ohrfeige und bückte sich dann, um ihren Schulkram einzusammeln. Doch kaum hatte sie sich zu ihrem verstreuten Hab und Gut gehockt, war der Ferdi über ihr, drosch auf sie ein und rief: »Wart nur! Meinen kleinen Bruder hauen! Das wirst büßen!«

Desiree wehrte sich nach Leibeskräften und biss und zwickte und kratzte und schlug und trat. Der Ferdi war nicht lange über ihr. Und von dem Augenblick an, in dem es Desiree gelang, ein dickes Büschel seiner Kopfhaare zwischen die Finger zu bekommen, hatte sie die Oberhand im Kampf. Der Ferdi stöhnte und wimmerte. Desiree zog den Ferdi an den Haaren hoch, bis er halbwegs senkrecht stand. Dann packte sie mit der freien Hand ein Bein vom Ferdi, riss es hoch und stieß den Kopf vom Ferdi mit aller Kraft gegen das Knie vom hochgerissenen Bein. Und dann ließ sie blitzschnell sowohl das Haarbüschel als auch das Bein vom Ferdi los. Der Ferdi taumelte, kippte nach hinten und fiel hin. Aus seiner Nase tropfte Blut.

»Gibst jetzt Ruh?«, fragte Desiree schnaufend.

Der Ferdi wischte mit dem Handrücken Blut unter der Nase weg. Dabei verschmierte er das Blut über die Wange. Ziemlich verwegen zugerichtet sah er dadurch aus. Desiree wartete auf einen neuen Angriff vom Ferdi und beobachtete ihn aufmerksam, um zu sehen, welche Tücke der Kerl im Sinn habe. Da stürmten, von hinten, die drei anderen Berger auf sie ein. Der Morgengegner sprang ihr auf den Rücken, umklammerte mit den Händen ihren Hals und mit den Beinen ihren Bauch. Der, der am Morgen verdödelt zugeschaut hatte, packte ihren rechten Arm und verdrehte ihn. Und der Kindergartenzwerg hängte sich an ihren linken Arm und biss sie in den Ellbogen.

Desiree schüttelte zuerst den Kindergartenzwerg ab, was nicht weiter schwierig war. Dann wollte sie auch ihren rechten Arm frei bekommen, doch der Morgengegner presste seine Arme so fest um ihren Hals, dass sie keine Luft bekam. Desiree ließ sich nach rückwärts fallen und fiel weich, da sie ja auf den Morgengegner fiel, der wie ein Rucksack an ihrer Hinterfront hing. Der Rucksack wimmerte erbärmlich, als er so zwischen Asphalt und Desiree gepresst dalag, und ließ Desirees Hals los. Die zwei kleinen Berger, die mitgerissen worden waren, brüllten ebenfalls. Desiree wollte sich aufsetzen, doch leider hatte sich der nasenblutende Ferdi inzwischen wieder erholt, stürzte sich auf sie und packte sie an den Haaren. Da wurde auch der Kindergartenzwerg wieder mutig und warf sich in die Schlacht. Um Desiree waren nur Berger-Arme mit Händen, die zwickten und pufften, Berger-Beine mit Füßen, die traten, und Knien, die stießen, und Berger-Mäuler mit Zähnen, die zubissen. Das war eindeutig zu viel.

Jungfrau, sprich dein letztes Gebet, dachte Desiree und war bereit, den Kampf aufzugeben, denn gegen vier wütende Berger-Leiber ist auch das heldenhafteste Mädchen wehrlos. Gerade als Desiree »Aufhören!« rufen wollte, wobei sie nicht sicher war, ob die Berger diesem Appell tatsächlich nachkommen würden, wurden die Arme, Beine und Mäuler um sie herum weniger und eine Bubenstimme brüllte: »Vier gegen eine! Seid ihr komplett drüber, ihr Trotteln?«

Desiree war vom Morgengegner und vom Ferdi befreit. Ein blonder Bub mit blauen Augen hatte ihr die zwei vom Leib gerissen und schlug sich nun mit den beiden herum.

Desiree verzichtete darauf, ein letztes Gebet zu sprechen, beutelte die zwei kleinen Berger ab und widmete sich wieder ihrem Morgengegner. Als der merkte, dass die Sache nun zwei gegen zwei stand, ergriff er die Flucht. Seine kleinen Brüder türmten mit. Desiree schaute den dreien voll Genugtuung nach. Sie wischte sich die Hände an den Hosenbeinen ab und spuckte Sand und Staub aus, die ihr beim Kampf in den Mund gekommen waren. Dabei überlegte sie, ob sie dem blonden, blauäugigen Buben zu Hilfe kommen sollte. Schließlich war er ihr ja bloß beigestanden. Nun, fand Desiree, wäre es eigentlich ihre Pflicht, ihn wieder abzulösen. Aber der blonde Bub hatte keine Ablöse mehr nötig. Er saß bereits – rittlings – auf dem zu Boden gestreckten Ferdi, hielt dessen Arme auf den Asphalt gepresst und rief: »Entschuldige dich bei der Dame, du Schwein!«

»Entschuldigung«, keuchte der Ferdi.

»Schleich dich, du Wappler!« Der blonde Bub stand auf, der Ferdi blieb noch ein bisschen liegen und stöhnte.

»Soll ich die Rettung rufen?«, fragte der blonde Bub. Da rappelte sich der Ferdi hoch, spuckte vor dem Buben aus und humpelte davon. Seinen Brüdern hinterher.

»Danke schön«, sagte Desiree. »Ohne dich wär ich nämlich schön blöd dagestanden!« Sie sammelte ihren Schulkram ein. Ein Heft und ein Buch waren ziemlich verdreckt. Das Buch hatte sogar eine zerrissene Seite. Auch ein paar Buntstifte waren abgebrochen. Etliche Runden des Kampfes hatten leider auf Desirees Tascheninhalt stattgefunden.

Der blonde, blauäugige Knabe half Desiree beim Einsammeln. Er zeigte auf ein Haus neben der Haltestelle. »Ich hab euch vom Fenster aus gesehen«, sagte er und dann fragte er: »Bist du neu hergezogen?«

Desiree nickte. »Zu meinem Großvater«, sagte sie. »Seit Montag!«

»Warum?«, fragte der blonde, blauäugige Knabe.

»Nur so«, sagte Desiree. »Und wegen meiner Katze. Und überhaupt!«

»Aha!« Der blonde, blauäugige Knabe schaute Desiree erstaunt an. »Auf immer?«, fragte er.

Desiree zuckte mit den Schultern. »Kommt ganz drauf an«, murmelte sie, steckte die letzten verstreuten Kleinigkeiten in die Tasche und klappte die Schnallen zu. Der blonde, blauäugige Knabe nahm ihr die Tasche aus der Hand und erklärte, er werde sie heimbegleiten, weil man bei der Berger-Bagage nie wissen könne, ob die nicht zwei Ecken weiter wieder lauere.

»Sie sind ja in die andere Richtung«, sagte Desiree.

»Aber vielleicht rennen sie hinten herum und tauchen dann von der anderen Seite wieder auf!«, sagte der blonde, blauäugige Knabe. Desiree glaubte das zwar nicht, aber da sie absolut nichts gegen die Begleitung des blonden, blauäugigen Knaben hatte, nickte sie zustimmend.

Die Berger-Buben lauerten an keiner Wegecke. Unbehelligt kamen Desiree und der blonde Bub bis zum Gartentürl vom Großvater-Haus. Und dort wusste Desiree dann, dass der Bub Jonny hieß und mit dem Familiennamen Matula. Und dass er genauso alt war wie Desiree. Und dass er gern

Schiffsmodelle bastelte. Und dass er am liebsten ein Schiff in einer Flasche basteln würde. Und dass man dazu mit einer Pinzette arbeiten muss. Und dass der Jonny dafür nicht genug Geduld hatte. Die Geduld hatte sein Vater. Bloß half ihm der nicht richtig beim Flaschenschiffbasteln. Der nahm ihm nur die Pinzette aus den Händen und sagte, das müsse man so und so und so tun; und dann tat er es selber. Und hinterher sagte er, sein Sohn habe zwei linke Hände.

Beim Gartentürl vom Großvater reichte der Jonny Desiree die Schultasche und sagte: »Ich fahr jeden Tag mit dem Viertel-acht-Uhr-Bus. Ich hol dich ab morgen ab. Fünf vor viertel steh ich vor dem Türl.«

»Ich fahr mit der Kathi zusammen«, sagte Desiree zögernd. »Wir nehmen immer den Halb-acht-Uhr-Bus.«

»Ist die Kathi die, die gerannt ist?«, fragte der Jonny, und als Desiree nickte, meinte er: »Dann nehmt ihr halt beide den früheren Bus. Der Kathi wird es nur recht sein, wenn sie auch unter meinem Schutz steht.«

»Ich werd sie fragen«, sagte Desiree.

Der Jonny lächelte. Er war anscheinend völlig sicher, dass die Kathi sein Angebot begeistert annehmen würde. Er drehte sich um und ging weg. Doch nach ein paar Schritten blieb er stehen, drehte sich noch einmal um und rief: »Wie heißt du eigentlich?«

»Desiree Pistulka«, sagte Desiree.

»Das ist ein schöner Name«, sagte der Jonny und dann marschierte er endgültig davon.

Desiree schaute ihm noch ein bisschen nach, bevor sie

ins Haus ging. Sie grinste. Dass einer die Kombination Desiree Pistulka schön fand, stimmte sie heiter.

Die Kathi war beim Großvater. Auf der Eckbank beim Küchentisch saß sie. Der Tisch war für drei gedeckt. Die Kathi schaute auf ihren leeren Teller, als Desiree in die Küche kam. Der Großvater stand beim Herd und rührte in einem Topf.

»Na, da ist ja unser Mädchen«, rief er und lachte. »Ist was gebrochen an dir?«

»Alles heil«, sagte Desiree. Sie schaute sich nach dem Kater um. Der Kater lag auf dem Fensterbrett, dort, wo die Sonne einen hellen Fleck zeichnete, und schlief. Desiree nahm den schlafenden Kater, setzte sich neben die Kathi und streichelte den Anatol.

Der Großvater brachte den Topf zum Tisch. Erdäpfelgulasch war drinnen. Der Großvater schöpfte die drei Teller voll Erdäpfelgulasch. Es roch herrlich, und die Mädchen merkten erst jetzt, wie hungrig sie waren.

»Weißt du, mein Mädchen«, sagte er, »die Kathi hat gesagt, ich soll dir mit dem Radl zu Hilfe kommen. Zuerst wollt ich gleich losradeln, aber dann ist mir eingefallen, dass es mir seinerzeit, wie ich ein Bub war, nicht recht gewesen wär, wenn mir mein Opa zu Hilfe gekommen wär. Und da hab ich gedacht, eine wie du, die wird schon allein mit den Deppen fertig. War das richtig gedacht?«

»Goldrichtig«, sagte Desiree.

»Na siehst«, sagte der Großvater zu Kathi. »Wie ich gesagt hab! War ja klar!«

Die Kathi gab keine Antwort.

Der Großvater legte ihr eine Hand auf die Schulter. »Nun heul doch nicht ins Gulasch«, sagte er. »Das wird sonst zu salzig!«

»Warum bin ich denn so feig?«, schluchzte die Kathi. »Wieso scheiß ich mir immer gleich in die Hosen?«

Der Großvater setzte sich zum Tisch und fing zu essen an. »Mach kein Drama draus«, sagte er kauend. »Einer rennt und einer haut. Hauen ist auch nicht das Edelste, das es gibt auf der Welt. Außerdem bist du schwächer als Desiree.«

»Und mir hat eh einer geholfen«, sagte Desiree. »Der heißt Jonny und kommt jetzt immer in der Früh als unser Schutz. Aber den Viertel-acht-Uhr-Bus müssen wir nehmen. Ist's dir recht, Kathi?«

Die Kathi wischte ein paar Tränen vom Gesicht und nickte. »Meinst den Jonny Matula?«, fragte sie.

»Kennst ihn?« Desiree schaufelte Erdäpfelgulasch in sich hinein. Dabei dachte sie: Kronbergeressen in Ehren, aber der Großvater kocht noch spitziger!

»Klar kenn ich den«, sagte die Kathi. »Der ist doch die Siedlungsschönheit! Aber der geht mit der Anna-Luise. Und die wird's nicht zulassen, dass er uns abholt. Weil, die ist eifersüchtig!«

»O Gotterl, o Gotterl.« Der Großvater lachte und schöpfte Desiree, die das ganze Erdäpfelgulasch von ihrem Teller weggeputzt hatte, eine Portion nach. Er zwinkerte Desiree zu und sagte todernst: »Na, Mädchen! Wenn du mit der Anna-Luise in einen Kampf verwickelt wirst, dann steh ich dir aber schon bei. Denn die Anna-Luise kenn ich! Das heißt: Ich kenn ihren Großvater! Und der behauptet, die Anna-Luise habe neun Teufel im Bauch. Gegen neun Teufel brauchst du einen Partner!«

Desiree kicherte. »Wir werden ja sehen«, sagte sie und mampfte ihre zweite Portion Erdäpfelgulasch. Hinterher diktierte sie der Kathi achtundzwanzig Rechnungen, weil die Kathi im Rechnen nicht gut war. Und dann diktierte die Kathi Desiree eine Deutschhausübung. Der Großvater war mit dem Diktat nicht ganz einverstanden. »Das muss deine Deutschlehrerin doch merken«, meinte er, »dass das ein ganz anderer Stil ist!«

»Ich hab keinen Stil«, sagte Desiree. »Und meiner Deutschlehrerin ist sowieso nichts recht, was ich selber schreib. Die letzte Schularbeitsverbesserung hat mir der Anatol geschrieben!«

»Der Kater?« Die Kathi schaute kugelrund.

»Nein!« Desiree schüttelte den Kopf. »Der Freund von meinem Bruder, nach dem der Kater heißt!«

Leise, damit es der Großvater nicht hören konnte, fragte die Kathi: »Liebst du den? Weil du den Kater so getauft hast?«

Desiree legte die Füllfeder weg und dachte nach. Liebte sie den Menschen-Anatol? Natürlich liebe ich den Anatol, dachte sie. Aber dann beschloss sie, dies vor der Kathi abzustreiten, denn die Art von Liebe, die die Kathi höchstwahrscheinlich meinte, war nicht die Art von Liebe, die Desiree für den Anatol Homolka empfand. Und der Kathi mitten unter dem Deutschhausübungsdiktat die verschiedenen Sorten von Liebe zu erklären, fand Desiree zu strapaziös. Also schüttelte sie den Kopf und murmelte: »Keine Spur, Kathi!« Und fügte, um die Kathi zu überzeugen, noch hinzu: »Der ist doch uralt gegen mich!«

Der Jonny Matula hielt Wort. Fünf Minuten vor viertel acht stand er von nun an jeden Morgen vor dem Gartentürl. Und die Kathi hatte sich mächtig geirrt. Die Anna-Luise war weder eifersüchtig noch verbot sie dem Jonny die Begleitschutzaktion! Die Anna-Luise kam mit ihm. Und stellte sich auch als Begleitschutz zur Verfügung. Zu viert marschierten sie nun in der Früh zur Bushaltestelle, und wenn sie auf die Berger-Buben trafen, ob auf alle vier oder nur auf zwei, rannten die Berger-Buben davon, so schnell sie nur konnten.

Jeden Tag nach der Schule rief Desiree beim Papa im Büro an und fragte die Sekretärin, ob der Papa eine Botschaft für sie hinterlassen habe. Der Papa hatte jedes Mal diverse Botschaften hinterlassen. Einmal, dass er am Abend ab zehn Uhr zu Hause sein werde, einmal, dass er leider heute keine Zeit habe, und einmal, dass sich Desiree mit der Mama in Verbindung setzen solle. Die Mama wolle mit ihr reden. Und einmal ließ er Desiree ausrichten, dass sie der Sekretärin diktieren solle, was sie brauche. Er werde das dann am Abend zusammensuchen und am nächsten Morgen, vor dem Büro, vorbeibringen. Desiree diktierte der Sekretärin eine ellenlange, ziemlich komplizierte Liste, weil es nicht so leicht ist, genau zu beschreiben, welchen von drei türkisfarbenen Pullis und welche von vier grünen Hosen man meint. Doch die Sekretärin vom Papa war eine tüchtige Frau. In dem Binkel, den Desiree am Freitag, als sie von der Schule kam, im Vorzimmer vom Großvater fand, war alles, was sie der Sekretärin vom Papa diktiert hatte. Sogar ihr Rekorder und zehn bespielte Bänder, die sie nicht verlangt hatte, waren im Binkel. Und drei Briefe. Einer war vom Papa, der schrieb:

Geliebte Wurschtelfrau,
es tut mir leid, dass wir uns nicht treffen konnten, aber bei mir war es diese Woche hageldicht. Morgen muss ich auch hakeln. Aber halt Dir bitte den Sonntag frei für mich. Wir zwei könnten am Sonntag zur Oma und zum Opa fahren.
Kuss, Papa.

Der zweite Brief war einer mit Paulinchen-Shop-Aufdruck. Er lautete:

Sehr geliebte Wurschtelfrau!
Ohne Dich ist es zu Hause mies und öd. Und lausig. Ich hoffe, Du änderst bald Deine Meinung und kehrst zurück. Willst Du am Sonntag mit mir und der Schuschi ins Burgenland fahren? Ruf mich an, wenn Du magst!
Küsschen, Mama.

Das dritte Brieferl war von Titus. Er schrieb:

Gute Schwester, lausiges Miststück!
Ich hab den Rekorder und die Bänder dazugetan, damit Du eine Ansprache hast. Außerdem erklär ich reuig, dass Du doch gut beraten warst, wie Du abgehaut bist. Gerade haben sie wieder gestritten, dass die Fetzen geflogen sind. Vielleicht zieh ich demnächst hinter Dir her! Am Sonntag fahr ich mit dem Anatol Homolka (dem Menschen) baden. Kommst Du mit? Wenn ja, sag es mir morgen in der Schule. Weil, heut kannst Du es mir nicht sagen. Ich ziehe vor, heute im Weisheitstempel nicht anwesend zu sein.
Leb wohler! Titus.

Desiree lächelte zufrieden, als sie den Brief vom Titus las. »Na, siehste wohl«, murmelte sie. Der Titus nämlich hatte sie die ganze Woche in der Schule, in der großen Pause, angequatscht und zur Heimkehr bewegen wollen. Mit Argumenten wie: »Der Großvater hat doch nicht einmal einen Farbfernseher!« oder »Sein Badezimmer ist doch eine Igittigitt-Kammer!« und »Willst du echt ohne Stereoanlage leben?« hatte er gearbeitet.

Desiree wollte dem Großvater die Briefe zeigen, doch der Großvater war gerade beim Palatschinkenbacken. Da hatte er zum Brieflesen keine Zeit. Und grantig war er auch. Weil die Palatschinken nicht so taten, wie er wollte. Der Großvater versuchte die Palatschinken zu schupfen, aber die hochgeworfenen Palatschinken weigerten sich, in der Luft eine korrekte Drehung zu machen. Entweder landeten sie wieder mit der Seite in der Pfanne, die schon braungebrannt war, oder sie klappten in der Luft zu faltigen Fladen zusammen, oder sie fielen so in die Pfanne, dass sie über den Pfannenrand hingen und an ihm festklebten. Der Großvater fluchte mächtig. Seit zehn Jahren, sagte er, versuche er nun die Palatschinkenschupferei. Seine Frau habe das früher spielend erledigt. Sogar gesungen habe sie dabei. »Das gibt's doch nicht«, rief der Großvater, »dass einer das nie und nie kapiert! Ein Mensch ist doch lernfähig!«

Um dem Großvater zu beweisen, dass auch faltige Fladen sehr gut schmecken können, aß Desiree acht Stück dieser teils verkohlten, teils teigigen Dinger. Nachher hatte sie Magendrücken. Sie legte sich auf die Eckbank und atmete tief. Der Großvater sagte, gegen Magendrücken helfe ordentlich rülpsen.

»Mir ist aber nicht nach rülpsen«, sagte Desiree und stöhnte ein bisschen. Der Großvater sagte, rülpsen könne man immer, und dann rülpste er Desiree etwas vor. Eine richtige Rülpsarie war das. Eine aus lauten, leisen, langen und kurzen Rülpsern. Desiree war begeistert. Den Großvater freute das. Gut dreimal hintereinander führte er Desiree sein gesamtes Rülpserrepertoire vor, und dann sagte er, er könne noch etwas Besseres! Er zeigte Desiree, wie man – mit einem feuchten Finger auf der Fensterscheibe –

Fürze nachmachen kann. Das begeisterte Desiree noch mehr. Trotz vollem, drückendem Bauch rappelte sie sich hoch und probierte es auch und hatte hübsche Erfolge. Total beglückt war Desiree dann, als sie eine Technik – mit fast trockenem Finger – entdeckte, die Furzgeräusche erzeugte, die denen vom Titus unheimlich ähnlich waren. »Das muss ich ihm vorführen, da wird er schauen«, rief Desiree. »Er sagt nämlich immer, im Furzen ist er einsame Spitze, das macht ihm niemand nach. So laute, melodische Pupser wie er, sagt er, kann keiner!«

»Wann siehst du ihn denn wieder?«, fragte der Großvater.

»Weiß nicht!« Desiree zeigte dem Großvater die drei Briefe von zu Hause. »Er will, dass ich am Sonntag mit ihm baden fahre!«

Der Großvater las die drei Briefe. »Und wem gibst du den Vorzug?«, fragte er.

»Keinem!« Desiree schüttelte den Kopf. »Wenn sie alle drei zusammen was tun wollten, wär ich mit ihnen gegangen! Aber so mag ich nicht. So auf: entweder oder!«

Der Großvater kratzte sich am Hinterkopf und schaute Desiree sinnend an. »Das versteh ich schon«, sagte er, »aber eigentlich könntest du ihnen sagen, dass du sie alle zusammen sehen willst. Den Gefallen werden sie dir doch wohl tun!«

Desiree nahm dem Großvater die Briefe weg. »Ist sinnlos«, sagte sie. »Dann streiten sie doch bloß wieder und der Sonntag endet mit einem Familienkrach.«

»Du bist ein Schwarzseher«, sagte der Großvater. Er ging

zur Abwasch und stellte das Mittagessengeschirr hinein und drehte das Wasser auf. Desiree nahm ein Geschirrtuch.

Zuerst arbeiteten der Großvater und Desiree schweigend vor sich hin. Er wusch ab. Sie trocknete ab. Beim letzten Stück, dem Bratpfandel, angekommen, sagte der Großvater: »Übrigens! Wegen der Schule! Da wollt ich dir sagen, es wäre blöd, wenn deine Noten jetzt schlechter werden täten. Dann würd die Paula sagen, das kommt davon, weil du bei mir wohnst!«

Desiree wachelte mit dem Geschirrtuch. »Da hab keine Angst«, sagte sie. »Der Mama und dem Papa ist die Schule scheißegal!«

Weil der Großvater ungläubig schaute, erzählte ihm Desiree von den drei Elternvorladungen und von der Weigerung der Mama, denen Folge zu leisten. Sie wollte dem Großvater damit klarmachen, dass das Interesse der Mama an Schulnoten sehr gering war.

»Willst du vielleicht, dass ich in die Schule gehe?«, fragte der Großvater.

»Das würdest du tun?« Desiree staunte den Großvater an.

»Na eisern!« Der Großvater überreichte Desiree das blankgeputzte Bratpfandl zum Abtrocknen. »Mir kommt's nicht drauf an. Die können sich ruhig bei mir ausweinen. Hören wir uns doch gleich am Montag an, was uns die Dame Stingl zu sagen hat!«

Desiree war dem Großvater sehr dankbar für diesen Vorschlag. Das zweimalige *uns* deutete sie als Sprachschlamperei.

7. Kapitel, *in dem der Großvater »schulische Aktionen« setzt und Desiree sich mit allerlei Liebesangelegenheiten herumschlagen muss.*

Am Montag nach der Deutschstunde, in der ersten Pause, kam der Alex Birninger zu Desirees Pult und sagte: »Pistulka, dein Opa steht vor der Klassentür. Du sollst zu ihm kommen, hat er gesagt!«

Desiree lief aus der Klasse und dachte: Der Großvater findet wahrscheinlich den Weg zum Sprechzimmer nicht. Der will sich von mir den Weg zeigen lassen!

Der Großvater hatte zu Ehren der Dr. Stingl ein weißes Hemd an und eine Krawatte um den Hals. Und einen schönen, dunkelblauen Leinenanzug trug er. Desiree betrachtete den Großvater und fand, dass er – für einen Opa – ein ausgesprochen gutes Stück war.

»Na, dann gehen wir's an, wir zwei!«, sagte der Großvater. Desiree kapierte die volle Tragweite dieses Satzes nicht. Sie sagte: »Ich führ dich bis zur Sprechzimmertür.« Sie nahm den Großvater an der Hand und marschierte mit ihm der Treppe zu.

»Wieso bis zur Tür? Du kommst doch wohl mit, oder?« Der Großvater lief die Treppe hinunter.

Desiree stolperte hinter ihm her und rief erschrocken: »Aber nein! Ich doch nicht! Das ist nicht üblich, wirklich nicht!«

»Was üblich ist, ist mir wurscht«, sagte der Großvater. »Du bist die Hauptperson in der Angelegenheit, und wenn du bei der Aussprache nicht dabei bist, ist die ganze Angelegenheit für den Hugo!«

Desiree sagte dem Großvater, dass ihre Anwesenheit in der Sprechstunde ganz unmöglich sei, dass es so etwas in ihrer Schule noch nie gegeben habe und dass die Stingl entsetzt sein werde. Da aber die Schulglocke gerade die Pause ausbimmelte, hörte der Großvater Desirees Gejammer nicht. Und als die Glocke endlich ausgebimmelt hatte, waren sie schon bei der Sprechzimmertür, und aus der anderen Richtung, vom Konferenzzimmer her, eilte die Dr. Stingl herbei.

»Ist sie das?«, fragte der Großvater. Desiree nickte verzweifelt und wollte flüchten, doch der Großvater hielt sie an der Hand fest.

»Nur mit der Ruhe, Mädchen«, sagte er leise, »diese Stingl schaut der alten Homolka ähnlich. Vor der hast doch auch keine Angst!«

Dann verbeugte sich der Großvater vor der Dr. Stingl.

»Habe die Ehre, gnädige Frau«, sagte er. »Ich bin der Großvater von der Desiree. Erziehungsberechtigt bin ich zwar nicht, aber das Kind wohnt jetzt bei mir. Und ich bin der Einzige in der Familie, der bereit war zu kommen, ich meine, der Einzige, der Zeit hat!«

Die Dr. Stingl öffnete die Sprechzimmertür. »Schön, dass endlich einmal jemand kommt«, sagte sie und ging ins Sprechzimmer und setzte sich zum Tisch mit dem dunkelgrünen Tischtuch. Der Großvater folgte ihr. Desiree ließ sich wie ein störrischer Esel hinterherziehen.

Zwei freie Sessel waren noch beim Tisch. Der Großvater drückte Desiree auf den einen und setzte sich auf den anderen.

Die Dr. Stingl hob die linke Augenbraue und senkte den rechten Mundwinkel und sagte zu Desiree: »Pistulka, der Unterricht hat bereits wieder begonnen. Die Pause ist längst zu Ende!«

»Mein Großvater wollte, dass ich mitkomme«, sagte Desiree gesenkten Blickes.

»Schüler, werter Herr Pistulka, pflegen bei meinen Aussprachen mit Eltern nicht anwesend zu sein«, sagte die Dr. Stingl und hob jetzt die rechte Braue und senkte den linken Mundwinkel.

Der Großvater lächelte die Dr. Stingl freundlich an. »Mein Name ist Huber«, sagte er. »Ich bin der mütterliche Großvater nämlich. Und ich finde es besser, wenn das Kind dabei ist. Es geht ja schließlich um sie.« Der Großvater lächelte noch freundlicher. »Ohne das Kind wäre doch alles viel komplizierter, gnä' Frau! Sie würden mir was erzählen über die Desiree und ich könnt dazu überhaupt nichts sagen. Ich könnt nur heimgehen und alles der Desiree erzählen. Und die würde dann wahrscheinlich sagen, dass alles ganz anders ist Und dann müsst ich am nächsten Montag wiederkommen und Ihnen erklären, wie die Desiree die Sache sieht!« Der Großvater strahlte direkt vor Freundlichkeit. »Mit der Methode, gnä' Frau, kämen wir doch nie auf einen grünen Zweig. Das wär ja wie Stille-Post-Spielen!«

Die Dr. Stingl nahm einen Kugelschreiber und klopfte mit ihm auf das grüne Tischtuch. »Werter Herr Huber«, sprach sie, »ich kann mich Ihrer Meinung nicht anschließen. Ich würde lieber unter vier Augen mit Ihnen sprechen.«

Der Großvater behielt sein Lächeln, aber ganz so strahlend war es nicht mehr. »Schaun Sie, gnä' Frau«, sagte er. »Sie haben Probleme mit der Desiree. Die Desiree hat Probleme mit Ihnen. Der Einzige, der hier kein Problem hat, bin ich. Ich komm mit der Desiree gut aus und mit Ihnen muss ich überhaupt nicht auskommen. Wenn hier einer überzählig ist, bin das höchstens ich. Also, was soll's?«

Die Dr. Stingl klopfte mit dem Kugelschreiber einen raschen Siebenachteltakt auf das Tischtuch. »Sie weigern sich also, Herr Huber, ohne Ihre Enkeltochter mit mir zu sprechen?«

»Weigern tu ich mich nicht!« Der Großvater lächelte fast gar nicht mehr. »Ich wollt nur etwas Vernunft in die Angelegenheit bringen.«

Der Großvater stupste Desiree an die Schulter. »Geh in deine Klasse zurück, Mädchen«, sagte er. »Ich war im Irrtum!«

Desiree stand auf und wollte zur Tür hin, doch da rief die Dr. Stingl: »Setz dich! Bleib hier! Wenn dein Opa meint, dass das klüger ist, können wir es ja versuchen.«

Desiree hockte sich wieder auf ihren Sessel. Die Dr. Stingl räusperte sich, klopfte mit dem Kugelschreiber – diesmal einen Dreivierteltakt – und sagte dann: »Es geht um diesen Heiserkeitsanfall, den mir Ihre Enkeltochter geliefert hat. Sind Sie informiert, Herr Huber?«

Der Großvater nickte. Die Dr. Stingl fuhr fort: »Ich kann mir so etwas nicht bieten lassen. Ich muss auf einem Rest von Autorität bestehen!« Die Dr. Stingl wandte sich an Desiree: »Warum hast du das gemacht? Ich akzeptiere, dass ich dir nicht sympathisch bin. Nicht jeder Schüler muss mich mögen. Aber das ist kein Grund, dass du andauernd versuchst, mich vor der Klasse lächerlich zu machen!«

»Ich hab mich nur gewehrt«, sagte Desiree. »Ich kann nichts dafür, dass meine Aufsätze blöd sind. Aber ich will nicht dauernd ausgelacht werden. Deswegen hab ich gesagt, dass ich heiser bin.«

»Keiner lacht dich aus, Pistulka«, sagte die Dr. Stingl. Desiree schaute die Dr. Stingl wortlos an und die Dr. Stingl hielt diesen Blick nicht gut aus. Sie zwinkerte, als wären ihr etliche Staubkörner in die Augen gekommen. »Zumindestens meint es niemand böse«, sagte sie. »Und ich mache das in allen Klassen so. Du kannst das wirklich nicht als Akt der Böswilligkeit gegen dich nehmen!«

Der Großvater räusperte sich und fragte dann: »Wozu, bitte, gnä' Frau, soll denn das überhaupt gut sein? Am besten Aufsatz können sich ja die Mitschüler noch ein Beispiel nehmen. Aber einen miesen Aufsatz vorlesen ...« Der Großvater schüttelte den Kopf. »Das ist doch für die Katz. Außer dass es die Desiree kränkt!«

»Mich kränkt es auch, wenn Ihre Enkeltochter schlafend

meinen Unterricht überdauert!«, sagte die Dr. Stingl zum Großvater und zu Desiree sagte sie: »Mehr als ein lautes Gähnen ist von dir als Mitarbeit nicht zu erwarten! Oder tue ich dir da auch unrecht?«

Desiree senkte den Kopf und nagte an der Unterlippe. Sie fand es sehr schwer, mit der Dr. Stingl richtig zu reden. Sie überlegte, ob sie der Dr. Stingl den wahren Grund für die üble Beziehung Pistulka-Stingl vorhalten könne.

»Du findest es also ungerecht?«, fragte die Dr. Stingl.

Desiree hob den Kopf und schaute der Dr. Stingl ins Gesicht. »Ja, schon. Sehr sogar«, sagte sie. »Weil Sie mich nämlich von allem Anfang an nicht leiden können. Weil ich das blöde Gedicht an die Tafel geschrieben habe. In der ersten Stunde. Deswegen.«

»Was für ein Gedicht?«, fragte der Großvater.

»Ihre Enkeltochter, werter Herr Huber«, sagte die Dr. Stingl, »macht zwar keine brauchbaren Aufsätze, aber dafür hat sie gleich am ersten Schultag einen Spottvers über mich verfasst.« Sehr beleidigt klang die Stimme der Dr. Stingl.

»Das hab doch nicht *ich* gedichtet«, rief Desiree. »Das Gedicht gibt es doch schon ewig! Das hat mir mein Bruder…« Desiree schwieg erschrocken. Den armen Titus wollte sie nun wirklich nicht in die ganze Sache hineinziehen. Sie versuchte den Fehler auszubessern. »Ich meine, nicht mein Bruder. Ein Freund von ihm. Ich kann mich nicht mehr erinnern. Das ist schon so lange her. Aber von meinem Bruder hab ich es ganz sicher nicht. Ehrlich nicht!«

»War denn das so ein arges Verserl?«, fragte der Großvater. Er lächelte der Dr. Stingl milde zu. »Kinder dichten doch gern was über Lehrer. Schon zu meiner Zeit war das so. Aber das ist doch harmlos.«

»Harmlos ist das nicht«, sagte die Dr. Stingl. »Bösartig ist das. Auch ein Lehrer hat das Recht, wie ein Mensch behandelt zu werden!« Die Dr. Stingl beugte sich zu Desiree. »Sag deinem Opa das Gedicht auf. Damit er selber entscheiden kann, ob es sich um ein harmloses Verserl handelt!«

»Ich kann es nimmer«, sagte Desiree. »Wirklich nicht. Das ist doch schon so lange her!«

»Lüg nicht«, rief die Dr. Stingl. »Vor vierzehn Tagen, wie ich in deine Klasse gekommen bin, ist es auf der Tafel gestanden. Und wenn mich nicht alles täuscht, in deiner Handschrift! Der Alex hat es schnell weggewischt, aber ich habe es trotzdem noch sehr gut lesen können!«

Desiree nagte wieder an der Unterlippe. Blöde Kuh, dachte sie. Da sieht man's wieder. Der Thomas hat das Gedicht an die Tafel geschrieben! Und mir schiebt sie es in die Schuhe!

»Na, dann sag halt das Verserl auf, mein Mädchen«, sagte der Großvater. »Wenn es deine Frau Lehrerin so haben will!«

Desiree schüttelte den Kopf. Natürlich hatte sie das Spottgedicht über die Dr. Stingl nicht vergessen. Es ging so:

Stingl Elisabeth ist viel zu fett,
schaut aus wie ein Stamperl
und hat ein blad's Wamperl.

Hat Elefantenbeine und Schweinsäugerln,
ganz kleine,
hat ein dreifach's Doppelkinn
und im Hirn nix drin!

Desiree fühlte sich außerstande, das vorzutragen.

»Typisch!« Die Dr. Stingl trommelte mit dem Kugelschreiber auf den Tisch. »Auge in Auge mit mir vergeht dir der Mut. Nur hinterrücks bist du groß und stark!«

»Aber gnä' Frau«, sagte der Großvater. »Das ist doch nix Neues, dass man gegen die, die mächtig sind, nur hinterrücks etwas sagt. Schüler gegen Lehrer, das ist halt kein Kampf auf gleicher Ebene!«

Die Dr. Stingl protestierte. Sie behauptete, sie habe überhaupt keine Macht. Lehrer hätten nie Macht gehabt. Sehr viel früher schon gar nicht und jetzt auch nicht. Der letzte Dreck sei ein Lehrer. Wenn der werte Herr Huber ahnte, wie sehr die Lehrer »von oben« abhängig seien, dann würde er staunen. Und wenn er bedenken würde, wie sehr die Schulunterrichtsgesetze einen Lehrer einengen, dann würde er noch mehr staunen. Da seien die Gesetze und die Kollegen, die Eltern und die Direktion und das Ministerium! Die Hölle der machtlosen Abhängigkeit sei so ein Lehrerleben!

Der Großvater lauschte der Dr. Stingl ergriffen und murmelte etliche Male: »Das ist ja schrecklich!« und: »So gesehen, haben Sie völlig recht, gnä' Frau.« Schließlich einigte er sich mit der Dr. Stingl darauf, dass es die Lehrer noch ein wenig übler haben als die Schüler, und die Dr. Stingl sprach die Hoffnung aus, dass sich Desirees Aufenthalt beim Großvater wohltuend auf ihr schulisches Benehmen auswirken werde, und der Großvater versprach, in drei Wochen wieder in der Sprechstunde vorbeizuschauen, und Desiree erklärte sich bereit, jede Woche einen winzigen Zusatz-Fleißaufsatz abzuliefern.

Bis zum Ende der zweiten Schulstunde dauerte die Dreierkonferenz im Sprechzimmer, und als sich dann die Dr. Stingl vom Großvater verabschiedete, sagte sie: »Lieber Herr Huber, wie man so sagt, beim Reden kommen die Leute zusammen!« Und Desiree lächelte sie ein klein bisschen zu.

Desiree begleitete den Großvater bis zum Schultor. »Wuff und waua«, seufzte der Großvater und lockerte die Krawatte und öffnete den Kragenknopf vom Hemd. »Jetzt hab ich mir das Ritterkreuz mit Eichenlaub und Schwertern verdient! So ein Lamentazibinkerl, diese Stingl!«

Desiree kicherte und war unheimlich zufrieden mit dem Großvater. Ihre Deutschstundenzukunft erschien ihr wesentlich sonniger als bisher.

Am Mittwoch, zum Professor Maxelmeier – wegen dem Knabenkloaufenthalt – nahm der Großvater Desiree nicht mit.

»Ich hab das falsch eingeschätzt«, sagte er. »Ich hab gedacht, man kann mit Lehrern heutzutag schon normal reden. Aber anscheinend geht das nicht. Man muss sie noch immer um den kleinen Finger wickeln. Und das mach ich lieber allein. Mir war das peinlich, wie ich bei der Stingl gesessen bin und geflötet und Sachen gesagt hab, die ich gar nicht meine, und du hast mir zugehört.«

Jedenfalls hatte der Großvater auch beim Maxelmeier großen Erfolg. Das merkte Desiree am Donnerstag in der Biologiestunde. So wohlwollend wie an diesem Tag war der Maxelmeier zu ihr noch nie gewesen. Wie der Großvater den Erfolg errungen hatte, erklärte er Desiree nicht. Er grinste bloß und sagte: »Schamlos! Mit den heutigen Zeiten und der fehlenden Geborgenheit und dem Wohlstand und so.«

»Was hat denn das mit Klohäuseln zu tun?«, fragte Desiree.

»Gar nichts, mein Mädchen«, sagte der Großvater. »Aber ich hab gemerkt, dass dieser Maxelmeier gerne darüber redet. Und wenn Leute über das reden dürfen, was ihnen ans Herz geht, werden sie friedlich. Von den Klohäuseln war dann nimmer die Rede. Und wie ich gegangen bin, hat er gesagt, dass du eh ein sehr nettes Mäderl bist!«

Der Besuch beim Mathe-Berger war für den Großvater enttäuschend. Der Mathe-Berger sagte dem Großvater, mit Desiree sei alles in bester Ordnung, sie habe ein schnell und richtig denkendes Hirn. Und lieb und hübsch sei sie auch. Und der Großvater hätte nicht extra nachfragen kommen müssen. Als der Großvater kundtat, dass er nicht freiwillig da sei, sondern vorgeladen, war der Mathe-Berger erstaunt. Er hatte die Vorladung vergessen. »Das war nicht ernst gemeint«, sagte er. »Ich hab mich nur ein bisschen geärgert. Das war damals überhaupt so ein ärgerlicher Tag.«

Direkt betrübt entfernte sich der Großvater aus der Schule.

»Ich war schon so gespannt, wie der Kerl zu packen wäre«, sagte er zu Desiree. »Mir macht das Spaß, jemanden weichzukneten!« Der Großvater seufzte. »Und dann ist eh alles in Butter. So ein Jammer.«

Am Samstag in der Früh kam statt der Kathi die mittlere Lobmeierin zum Treffpunkt beim Gartentürl und sagte, die Kathi sei ein bisschen krank, habe Fieber und rote Flecken, weil sie von den Erdbeeren genascht habe. Und das dürfe die Kathi nicht, weil sie gegen Erdbeeren allergisch sei.

Desiree und der Jonny Matula gingen allein zur Bushaltestelle. Die Anna-Luise war am Samstag nie mit von der Partie. Ihre Eltern waren geschieden. Von Freitagmittag bis Sonntagabend war die Anna-Luise bei ihrem Vater und der wohnte nicht in der Siedlung.

Der Autobus war am Samstag immer ziemlich leer. Desiree und der Jonny setzten sich auf das hinterste Bankerl. Dort wurde man in den Kurven am meisten durchgebeutelt. Desiree mochte das.

Gleich nachdem sie sich gesetzt hatten, sagte der Jonny: »Gut, dass die Kathi krank ist. Ich muss nämlich mit dir allein reden!«

»Wieso mit mir allein?«, fragte Desiree.

»Weil es geheim ist«, sagte der Jonny Matula.

»Was ist geheim?«, fragte Desiree.

»Ob du mit mir gehen willst!«, sagte der Jonny Matula.

»Ich mein, wenn du willst, ist es dann nicht mehr geheim. Geheim ist nur die Frage!«

»Die Anna-Luise ist aber doch deine Freundin«, sagte Desiree unsicher.

»Nimmer!« Der Jonny zog einen rosa Briefbogen aus der Brusttasche vom Hemd, entfaltete ihn und reichte ihn Desiree. Auf dem rosa Zettel stand:

Lieber Jonny,
ich schreibe Dir einen Brief, weil, wenn ich es Dir ins Gesicht sagen müsste, könnte ich es nicht. Ich habe mich in den Pusta-Andi aus meiner Klasse verknallt. Gib mich bitte frei!
Deine Anna-Luise.
PS: Aber Freund würde ich gern mit Dir auf ewig bleiben!

Desiree gab dem Jonny den Brief zurück. »Bist du sehr traurig?«, fragte sie.

»Nie im Leben!« Der Jonny steckte den Brief wieder ein. »Wenn sie mich nimmer mag, mag ich auch nimmer!«

Desiree fühlte sich nicht sehr glücklich. Der Jonny gefiel ihr zwar ausnehmend gut, aber sie kam sich ein bisschen wie Anna-Luise-Ersatz vor.

»Und du gefällst mir sowieso viel besser«, sagte der Jonny. »Gleich von Anfang an. Wie wir zusammen gerauft haben. Nur wegen der Treue hab ich es dir nicht sagen können!«

Da war Desiree beruhigt. Sie lächelte dem Jonny zu und sagte: »O.k.! Dann gehen wir halt miteinander!«

Der Jonny machte die Schultasche auf und entnahm ihr zwei schmale, silberne Ringe. Er steckte sich einen an den linken kleinen Finger und einen steckte er Desiree an den linken kleinen Finger. »Ich hab einen neuen für dich kaufen müssen«, sagte er. »Weil, die Anna-Luise ist geizig. Den Ring hat sie mir nicht zurückgeschickt!«

Desiree starrte auf den schmalen Silberring an ihrem linken kleinen Finger und fragte sich, was sich nun zwischen dem Jonny und ihr ändern werde. Da Desiree noch nie mit jemandem gegangen war, konnte sie sich ihre Frage nicht beantworten.

Zwischen dem Jonny und Desiree änderte sich in den nächsten Tagen überhaupt nichts. Desiree fand das enttäuschend. Sie fragte die Karin Proksch, die angeblich mit einem Buben aus ihrem Haus ging, nach den näheren Umständen vom Miteinander-Gehen. Die Karin Proksch erzählte Desiree allerhand von Händchenhalten und Küssen hinter der Haustür. So wartete Desiree wieder ein paar Tage lang zu. Und dann, am Samstag in der Früh, beim Gartentürl, hauchte sie dem Jonny einen Kuss auf die Wange. Der Jonny schaute entsetzt und wischte sich die Wange mit einem Papiertaschentuch ab. Dabei war Desirees Kuss ganz gewiss nicht feucht, sondern total trocken gewesen.

Da die Kathi bei diesem Kuss Zeuge gewesen war, besprach sich Desiree am Samstagnachmittag mit der Kathi. Doch die Kathi kannte sich im Miteinandergehen überhaupt nicht aus. Sie schlug vor, die Anna-Luise um Rat zu fragen; die müsse das ja am besten wissen. Desiree fragte also am Montag, als die Anna-Luise wieder in der Siedlung war, bei der Anna-Luise nach, und die Anna-Luise sagte, bei ihr habe sich der Jonny genauso verhalten. Das sei auch der wahre und tiefere Grund, warum sie vom Jonny auf den Andi aus ihrer Klasse übergewechselt sei. »Ich glaub, er ist einfach noch zu kindisch«, sagte die Anna-Luise. »In seinem Alter gibt es nur ein paar, die sich wirklich trauen!«

Am Abend dann erkundigte sich Desiree beim Großvater über erste Küsse und das richtige Alter dafür. Sie zeigte ihm den Ring am linken kleinen Finger und erzählte ihm vom Kuss, den der Jonny mit dem Taschentuch weggewischt hatte, und fragte ihn, ob er das für normal oder für abwegig halte. Zuerst sagte der Großvater, er sei über siebzig und in diesem Alter habe man keine Ahnung mehr von ersten Küssen. Desiree möge sich an den Titus wenden oder an die Mama oder den Papa. Die beiden seien immerhin noch gute dreißig Jahre näher am ersten Kuss als er. Desiree lehnte das ab. Der Titus, sagte sie, nehme sie einfach nicht ernst. Die Mama würde bloß sagen, sie sei für solche Sachen noch zu jung. Und der Papa habe keine Zeit, etwas zu besprechen. Der würde sie doch bloß auf einen Termin in der übernächsten Woche vertrösten.

Da blieb dem Großvater nichts anderes übrig, als über seinen ersten Kuss nachzudenken. Doch ihm fiel bloß ein, dass er den einer Mizzi gegeben hatte. Wie alt er damals gewesen war, wusste er nicht mehr. Er sagte: »Ich weiß nur noch, dass ich mich unheimlich lange nicht getraut habe, und wie ich mich dann doch getraut habe, hat mir die Mizzi eine Watschen gegeben. Und dann hab ich mich wieder unheimlich lange nicht getraut. Aus Angst vor einer neuen Watschen!«

Desiree überlegte, ob sie des Großvaters jugendliche Kuss-Watschen-Angst auch dem Jonny Matula zuteilen könne. Und ob der Jonny, falls er diese Angst habe, schon einmal einen Kuss probiert habe. Und wer dann das Objekt dieses Kusses gewesen sein könnte. Die Anna-Luise war es nicht. Die war ja schließlich genauso ungeküsst geblieben wie sie!

»Aber einmal dann gibt sich die Angst«, sagte der Großvater. »Ein Jahr später oder so, vielleicht auch zwei Jahre später, so genau weiß ich das nicht mehr, da hab ich schon zwei Freundinnen gehabt. Die eine war aus meiner Gasse und die andere hab ich in der Straßenbahn kennengelernt!« Der Großvater kicherte. »Nur sind die zwei leider in den gleichen Turnverein gegangen. Das hab ich natürlich nicht ahnen können. Und dort haben sie einander von ihren Freunden erzählt. Und nach ein paar Wochen sind sie drauf gekommen, dass sie von ein und demselben Burschen reden. Da sind sie zu mir nach Hause gekommen. Es war fürchterlich, mein Mädchen! Sie haben mich zur Rede gestellt. Und meine Mutter hat mir wegen meiner Unsittlichkeit ein paar Watschen gegeben. Vor den zwei Mädchen! So etwas von Demütigung ist mir mein Lebtag lang nimmer passiert!«

»Deine Mutter hat dich gehaut?« Desiree war entsetzt.

»Watschen waren ja noch Gold«, sagte der Großvater. »Manchmal hat sie auch den Pracker genommen. Oder den Kochlöffel. Das hat mehr wehgetan. Meine Mutter hat immer gleich zugehaut. Manchmal hab ich gar nicht gewusst, warum.«

Desiree holte das dicke alte Fotoalbum aus dem Zimmer vom Großvater. »Zeig mir deine Mutter«, verlangte sie.

Der Großvater blätterte im Fotoalbum, bis er zu einer Seite kam, auf der das Bild von einer hübschen, leicht rundlichen Frau mit einer Spitzenbluse und hochgesteckten Haaren war. Die Frau lächelte.

»Dabei schaut sie nicht bös aus«, sagte Desiree.

Der Großvater schaute das Bild an und zuckte mit den Schultern. »Wer sein Kind liebt, der züchtigt es, hat es damals geheißen«, sagte er. »Und außerdem hat sie kein leichtes Leben gehabt. Davon wird man ungerecht.«

Desiree blätterte im Album weiter. Sie suchte ihren Urgroßvater. Sie fand aber keinen Herrn, der zu der Dame mit den hochgesteckten Haaren und der Spitzenbluse passte. Sie fragte: »Wo ist dein Vater? Oder war der fotoscheu?«

»Keine Ahnung, mein Mädchen«, sagte der Großvater. »Ich hab den Herrn nicht gekannt. Der war über alle Berge, wie ich auf die Welt gekommen bin. Damit er meine Mutter nicht heiraten muss!«

»So etwas Gemeines!« Desiree war empört.

Der Großvater kratzte sich am Kopf, seufzte und sagte: »Als Kind hab ich mir das auch gedacht. Aber jetzt denk ich mir, dass es sicher besser war. Es ist nicht gut, wenn zwei nur deswegen heiraten, weil ein Kind kommt. Das geht dann meistens schief.«

Desiree wollte sagen, dass ihr Papa und ihre Mama auch deshalb geheiratet hatten, weil die Mama mit dem Titus schwanger gewesen war, doch dann ließ sie es bleiben. Sie fürchtete, der Großvater könnte sagen, die Ehe vom Papa und der Mama bestätige seine Theorie.

Desiree klappte das Fotoalbum zu und trug es ins Zimmer vom Großvater zurück. Alle Dinge wieder an den Ort zu legen, von dem man sie genommen hatte, war im Hause des Großvaters oberstes Gebot. Den Großvater machte es ganz nervös, wenn die Dinge nicht ihre Ordnung hatten. Er schimpfte zwar nie mit Desiree, wenn sie Sachen herumliegen ließ, aber Desiree merkte doch, wie ihm Unordnung richtig wehtat. Sogar das Geschirrtuch musste am richtigen Haken hängen, damit sich der Großvater wohl fühlte. Und wenn Desiree im Vorzimmer ihre Schuhe auszog und dort stehen ließ, kam der Großvater gleich angewieselt und stellte die Schuhe in den Schuhschrank. Und wenn Desiree Geschirr abtrocknete und die Kaffeeheferln nicht links in der Kredenz, sondern rechts stapelte, schlich der Großvater später heimlich in die Küche und räumte die Kaffeeheferln um. Bei jedem anderen Menschen hätte das Desiree gestört. Aber der Großvater machte sich über seinen pedantischen Ordnungssinn selber lustig. Er sagte: »Ignorier's einfach, Mädchen! Das ist die Verkalkung! Früher war ich nicht so blöd! Nimm es mir nicht übel!«

Desiree nahm dem Großvater den übertriebenen Ordnungssinn nicht übel. Das Einzige, was sie ihm ein bisschen übel nahm, war etwas, wofür der Großvater nun aber wirklich nichts konnte. Desiree nahm dem Großvater seine Beziehung zum Anatol Homolka, dem Kater, übel.

Der Großvater und der Kater waren ein Herz und eine Seele. Dauernd hockte der Kater auf den Knien vom Großvater. Wenn ihn Desiree von den Großvater-Knien wegnahm und in ihren Schoß legte, mauzte der Kater empört, ließ sich nicht streicheln, biss sie sogar hin und wieder und ließ sich nicht festhalten, sondern sprang von Desirees Schoß und hüpfte wieder auf die Großvater-Knie. Und wenn der Großvater im Haus herumging, lief der Kater neben ihm her. Und in der Nacht schlief der Kater im Bett vom Großvater. Nahm Desiree den Kater am Abend in ihr Zimmer mit, kratzte der Kater so lange mit der Homolka-Pfote an die Zimmertür, bis ihn Desiree aus dem Zimmer ließ.

»Er ist fast überhaupt nicht mehr mein Anatol, sondern fast nur mehr dem Großvater sein Homolka«, beschwerte sich Desiree beim Jonny. »Er mag den Großvater viel lieber als mich. Wenn ich ihn streichle, schnurrt er nur halb so laut!«

Der Jonny hielt das für eine eifersüchtige Unterstellung. Er behauptete, Katzen könnten überhaupt nur in einer einzigen Tonlage und Lautstärke schnurren. »Und wart nur, bis das Vieh erwachsen ist«, sagte er. »Dann schert es sich weder um den Großvater noch um dich. Ein Kater ist dauernd aus dem Haus und hinter Vögeln und Mäusen her. Oder hinter Katzenfrauen. Menschen sind einem erwachsenen Kater wurscht. Die braucht er nur zum Futtergeben!«

Dem Thomas Haberkorn erzählte Desiree in der Zeichenstunde auch von ihrem Katzen-Liebeskummer.

»Da kannst überhaupt nix dagegen machen«, sagte der Thomas. »Katzen sind keine Hunde. Die anerkennen kein Herrl oder kein Frauerl. Denen ist es wurscht, wem sie eigentlich gehören. Die suchen sich aus, wen sie am liebsten mögen. Unsere Frau Fürstin mag meinen Papa am liebsten. Dabei mag mein Papa die Katze viel weniger als die Mama und ich.« Und dann erzählte der Thomas etliche wahre Katzengeschichten, wo sich die Katzen als Objekt ihrer Hauptzuneigung sogar unwillige Nachbarn oder zufällige Besucher ausgewählt hatten. Aber ein großer Trost war das für Desiree nicht.

8. Kapitel, *in welchem Desiree aus schwesterlicher Liebe lauter Dinge tun muss, die ihr in tiefster Seele zuwider sind und ihr keinen Dank einbringen.*

In Desirees Klasse sprach sich natürlich herum, dass »die Pistulka« nicht mehr bei ihren Eltern wohnte, sondern beim Großvater. Desiree störte das nicht. Bloß war sie nicht bereit, nähere Erklärungen abzugeben. Nicht einmal dann, als ihr der Thomas Haberkorn in der Zeichenstunde erzählte, die Karin Proksch rede herum, dass sich Desirees Eltern total zerstritten hätten und der Vater wegen dunkler Geschäfte ins Ausland geflüchtet sei.

»So ein Blödsinn«, murmelte Desiree und unterbrach die Konstruktion ihres Fabelweltdrachen nicht für einen Augenblick.

Sie war dem Thomas sehr dankbar, dass er sie nicht nach dem wahren Grund ihres Auszugs aus der Familie fragte. Desiree hatte den Verdacht, der Thomas Haberkorn ahne ohnehin die Zusammenhänge. Und was die anderen in der Klasse dachten, war ihr gleichgültig.

Nicht gleichgültig war es Desiree allerdings, als sie merkte, dass anscheinend auch etliche Lehrer vom Gerücht über dunkle Geschäfte und Vaterflucht etwas gehört hatten und es glaubten. Sehr blöd kam sie sich vor, als der Maxelmeier, während er Gangaufsicht hatte, zu ihr trat, ihr über den Kopf strich und sagte: »Nur den Kopf nicht hängen lassen, Pistulka! Alles wird wieder. Man muss nur daran glauben!«

Auch die Dr. Stingl ging mit Desiree sehr behutsam um. Am Mittwoch, beim Abliefern der Zusatz-Fleißübung, legte sie Desiree einen Arm um die Schultern und sagte: »Kind, falls du dich aussprechen möchtest, habe ich jederzeit Zeit für dich!«

Desiree nickte gottergeben. Sie fand es zu mühsam, die Dr. Stingl aufzuklären. Sie wollte nur schnell weg. Und hoffte daher inständig, das Pausengeklingel möge anheben. Doch da sagte die Dr. Stingl: »Vor allem aber mache ich mir um deinen Bruder Sorgen. Ich verstehe ja, dass ihn das alles mitnimmt. Aber seine Fehlstunden sind schon langsam exorbitant! Auf die Dauer kann ich das als sein Klassenvorstand nicht mehr hinnehmen. Etliche Kollegen haben mir gesagt, dass er bei Schularbeiten gefehlt hat. Die muss er nachmachen! Und wie er das schaffen soll, ist mir schleierhaft. Jetzt ist er schon wieder den dritten Tag krankgemeldet. Wenn da kein Wunder geschieht, wird er nicht abgeschlossen werden!« Die Dr. Stingl seufzte tief und bekümmert und sagte dann: »Könnte dein Opa nicht bei mir vorbeischauen? Es muss ja nicht in der Sprechstunde sein. Ich stehe auch in der Pause zur Verfügung!«

Desiree wollte der Dr. Stingl erklären, dass der Großvater ausschließlich für sie zuständig sei und vom Titus überhaupt nichts wisse. Sogar, dass der Papa keine dunklen Geschäfte gemacht habe und nicht auf der Flucht sei, sondern dick und zufrieden in seinem florierenden Büro hockte, wollte sie sagen, weil sie das Gefühl hatte, sonst gemein gegen die Stingl zu handeln. Schließlich bemühte sich die Stingl redlich um Verständnis, und redlich bemühte Leute, wenn sie auch gar nichts verstehen, soll man nicht dumm sterben lassen. Doch bevor Desiree für ihre Erklärung noch den richtigen Anfang gefunden hatte, kamen zwei kreischende 1A-Schülerinnen zur Konferenzzimmertür und brüllten hysterisch. In ihrer Klasse hatte einer Kreuzspinnen ausgesetzt. Mindestens zehn fette, haarige Viecher. Und die krabbelten jetzt auf den Wänden herum und bis auf den Spinnenverteiler war die ganze Klasse in Panik. Da eilte die Dr. Stingl mit zwei anderen Lehrern hurtig der 1A zu und Desiree kehrte – etwas bedrückt – in ihre Klasse zurück. Sie fand, dass unverdientes Mitleid noch etwas schwerer zu ertragen sei als unverdiente Abneigung.

Dem Großvater erzählte Desiree nichts von der neuerlichen Stingl-Einladung. Doch am Nachmittag, auf dem Weg ins Schwimmbad, erzählte sie dem Jonny und der Kathi davon.

»Der wird einfahren, aber wie!«, sagte der Jonny.

»Wann ist denn bei euch Notenkonferenz?«, fragte die Kathi.

Als die beiden hörten, dass in Desirees Schule schon nächsten Freitag Notenkonferenz war, pfiffen sie durch die Zähne und versicherten, dann sei es höchste Zeit für den Titus, die Sache ins Reine zu bringen.

»Sonst steigt er doch glatt nicht auf«, sagte der Jonny.

»Sonst bleibt er doch glatt sitzen«, sagte die Kathi.

Bei der Kassa vom Schwimmbad, knapp bevor sie an der Reihe waren, fasste Desiree einen Entschluss.

»Ich geh zum Titus«, sagte sie. »Ich komm dann nach!«

Der Jonny und die Kathi protestierten. So eilig sei es ja nun auch wieder nicht, sagten sie. Aber Desiree ließ sich nicht zurückhalten. Sie lief den Weg vom Schwimmbad zur Straßenbahnhaltestelle hinunter und war dabei so sehr mit ihren Gedanken beim Titus und bei dem, was sie dem Titus sagen wollte, dass sie nicht merkte, dass am Wegrand eine Frau stand, die einen großen Hund an einer langen Leine hielt. Die Hundeleine war in Kniehöhe quer über den Weg gespannt, weil der Hund auf der anderen Wegseite – vor einem Zaun mit einem Hund dahinter – Männchen machte. Desiree stolperte über die gespannte Hundeleine, fiel der Länge nach hin und schlug sich beide Knie blutig und die Handflächen auch. Und die Geldbörse fiel ihr aus der Badetasche. Sie sprang auf. Alle Münzen rollten heraus. Stöhnend rappelte sich Desiree hoch und sammelte ihr Kleingeld ein und humpelte schnell weiter, weil die Frau, die den Hund gehalten hatte, zu schimpfen anfing und sich über Kinder aufregte, die »keine Augen im Kopf haben« und »kein Hirn hinter der Stirn«.

Bei der Straßenbahnhaltestelle versuchte Desiree ihre Vorderfront zu säubern. Da sie kein Taschentuch bei sich hatte, nahm sie die Bikinihose und wischte mit der emsig an ihren verdreckten Armen und Beinen herum. Da aber ziemlich viel Blut aus den zerschundenen Knien und den aufgerissenen Handflächen floss, verschlimmerte Desiree ihr Aussehen bloß. Dreckgrau-blutrot verschmiert waren Desirees Arme und Beine bald, und weil sie sich während ihrer hilflosen Reinigungsversuche ein paar Mal die Haare aus der Stirn gestrichen hatte, sah auch ihr Gesicht ziemlich furchterregend aus.

Eine alte Frau, die ebenfalls auf die Straßenbahn wartete, bedauerte Desiree sehr und war von der Meinung, böse Buben hätten Desiree blutig geschlagen, nicht abzubringen, obwohl Desiree mehrere Male beteuerte, sie sei bloß hingefallen.

Die Schaffnerin in der Straßenbahn dann erzählte Desiree eine Menge von Viren und Bakterien, die im Straßendreck zu hausen pflegen, und beschwor sie, schleunigst zum Arzt um eine Tetanus-Impfung zu gehen.

Und ein alter Mann, der Desiree in der Straßenbahn gegenübersaß, suchte in seinen Sakkotaschen nach Heftpflaster. Er fand fünf Stück davon. Aber sie waren alle viel zu klein für Desirees malträtierte Knie und Hände. Außerdem war die Schaffnerin dagegen, dass man verdreckte Wunden zupflastere. Nur mit Wundbenzin dürfe man da ran, sagte sie. Die alte Frau, die Desiree für ein Rowdy-Opfer hielt, war eher für lauwarmes Wasser und milde Seife. Ihren drei Söhnen und ihren sieben Enkeln, behauptete sie, habe das noch nie geschadet.

Als Desiree die Straßenbahn verließ, war zwischen der Schaffnerin, dem alten Mann und der alten Frau fast schon ein Streit im Gange.

Bis Desiree bei der Wohnungstür mit dem Schild

Pistulka angekommen war, musste sie noch vier Stück bedauernde Mitmenschen über sich ergehen lassen. Die Milchfrau, den Mann aus der Drogerie, den Hausmeister und die Pistulka-Nachbarin. Alle vier erkundigten sich noch dazu, wieso man die »liebe Desiree« in den letzten Wochen nie mehr zu Gesicht bekomme.

Desiree sperrte die Wohnungstür auf. Vom Wohnzimmer her kam laute Musik. Beethoven. Manchmal hatte Titus Pistulka nämlich E-Musik-Anfälle. Desiree ging ins Badezimmer, zog sich komplett aus und stellte sich unter die Dusche. Sie wollte den blutigen Dreck vom Leibe haben, bevor sie mit dem Titus in Schulverhandlungen eintrat. Das warme Wasser brannte auf Desirees Knien ziemlich stark. Und die aufgeschundene Hand, in der Desiree die Brause hielt, tat entsetzlich weh. Desiree stöhnte vor sich hin und verzichtete darauf, sich einzuseifen. Sie blieb unter dem warmen Wasser, bis es nicht mehr grau verfärbt dem Abfluss zuströmte, sondern glasklar. Dann stieg sie aus der Badewanne und wickelte sich in ein Badetuch. Das Badetuch roch nach Mama und war sehr flauschig und weich; ganz anders als die harten, kratzigen Waffeltücher vom Großvater.

Desiree setzte sich auf den Rand der Badewanne und versuchte die Haare durchzubürsten, doch der Bürstengriff drückte so schmerzhaft gegen die wunde Handfläche, dass sie es bleiben ließ. Sie vertauschte das Badetuch gegen ihren schönen, rosaroten Bademantel. Sie dachte: Den nehm ich zum Großvater mit! Der ist mir ziemlich abgegangen!

Desiree schlüpfte in die Holzpantoffeln der Mama und

ging langsam zum Wohnzimmer und überlegte, wie sie mit dem Titus zu reden anfangen sollte, ohne dass er gleich sagen würde: Das geht dich einen Dreck an! Oder: Scher dich um deinen eigenen Kram!

Die Tür zum Titus-Zimmer stand offen. Im Zimmer drinnen sah es aus, als hätten Einbrecher nach einem gut verborgenen Diamantohrgehänge gesucht. In der Mitte vom Zimmer stand die karierte Reisetasche. Prall gepackt.

»Was soll denn dieses?«, murmelte Desiree und hob vorsichtig – um jedes Geräusch zu vermeiden – zwei Kuhglocken und betrat das Titus-Zimmer.

Am Bett vom Titus, zwischen Socken und Leiberln und Hemden und Hosen, lagen der Reisepass vom Titus und eine gelbe ÖBB-Fahrkarte. WIEN / ROM II. KLASSE stand auf der Karte.

»Was soll denn dieses?«, murmelte Desiree wieder, und dann zuckte sie zusammen, weil die Beethovenmusik plötzlich lauter wurde und Schritte näher kamen. Da es der Titus nie gern sah, dass man in seinen Sachen herumkramte, steckte Desiree den Pass und die Fahrkarte schnell in eine Bademanteltasche.

»Was tust du denn hier?« Der Titus stand in der offenen Zimmertür.

»Und was tust du hier?« Desiree zeigte auf die Reisetasche.

Der Titus betrachtete seine Schwester eingehend. Ganz so, als ob er überlegte, welche Art von Lüge für Desiree jetzt passend sei. Dann sagte er: »Ich packe nur zur Probe.

Für die Ferien. Damit ich weiß, ob alles in die Tasche reingeht.«

Desiree war empört, dass sie dem Bruder keine bessere Lüge wert war. Sie tippte sich mit einem Zeigefinger gegen die Stirn. »Du spinnst ja«, rief sie. »Du und auf Probe packen! Du lässt dir doch alles von der Kronberger packen. Warum lügst mich denn an?«

Der Titus kam ins Zimmer und schubste die Reisetasche mit einem Fußtritt unter das Bett. »Bist du wieder hergezogen? Hast du den Alten vergeben?«

Desiree zeigte dem Bruder die malträtierten Knie und Hände und schilderte ihm den verdreckten Zustand, in dem sie sich befunden hatten.

»Arme Wurschtelfrau«, sagte der Titus mitfühlend.

»Aber wegen dem Duschen direkt bin ich nicht da«, sagte Desiree zögernd. Seit sie die pralle Reisetasche gesehen hatte, hatte sie das Gefühl, dem Titus eine andere Ansprache als die vorbereitete halten zu müssen. »Eigentlich wollte ich wegen der Dr. Stingl mit dir reden. Aber …«

»Lass mich doch mit der alten Schrauben in Ruh«, unterbrach sie der Titus. Er wirkte ungeduldig. »Hat sie dir schon wieder mit einer Vorladung gedroht?«

»Es geht nicht um mich, sondern um dich«, sagte Desiree. »Zu mir ist sie sehr nett, seit der Großvater bei ihr war. Aber wenn du weiter in der Schule fehlst und die Prüfungen und die Schularbeiten nicht nachmachst, hat sie gesagt, wirst du nicht abgeschlossen.«

Der Titus zuckte gelangweilt mit den Schultern.

Desiree hatte vorgehabt, dem Titus das drohende Sitzenbleiben dramatisch auszumalen und ihn darauf hinzuweisen, dass er doch immer sagte, es käme in der Schule nicht auf gute Noten an, sondern aufs Durchkommen. Das müsse man! Sonst verlängere man sich die ödeste Zeit des Lebens um ein Jahr! Aber Desiree merkte, dass diese Ansprache den Titus kaum beeindrucken würde. Der hatte jetzt andere Probleme! Also sagte Desiree: »Drei Wochen vor den Ferien abhauen ist blöd, Titus!«

Zuerst schien der Titus widersprechen zu wollen, dann murmelte er aber bloß: »Ist doch mir scheißegal!« Er setzte sich im Türkensitz auf seinen Schreibtisch und zündete sich eine Zigarette an. »Ich geh nimmer in die Schule«, sagte er. »Die Idiotenmatura kann man auch extern machen. Wenn man sie braucht!«

Der Titus blies ein großes Rauchringerl und schickte ihm ein kleines hinterher. »Und was heißt überhaupt: abhauen?«, fragte er. »Ich hau nicht ab. Ich muss dringend weg. Und geb deswegen keine nervtötenden, endlosen Erklärungen ab.« Der Titus schaute den beiden Rauchringerln, die zur Decke schwebten, nach. »Die Mizzi ist von ihrem Vater weg, weil sie der zurückschicken wollte. Mit einem Kerl ist sie nach Rom. Und der war natürlich ein Schuft. Und jetzt weiß sie nicht weiter. Und hat keinen Schilling mehr. Sie braucht mich.«

»Wieso gerade dich?«, fragte Desiree.

»Weil ich sie liebe«, sagte der Titus.

Desiree stand auf. »Ach so«, murmelte sie. »Ja, dann ...«

Sie verließ das Titus-Zimmer und ging in den Marzipanschweinbauch, holte Unterwäsche und ein Kleid aus dem getupften Schrank und zog sich an. Den Bademantel rollte sie auf ein Binkel und stopfte ihn in die Badetasche. Sie war verwirrt und ratlos. Und fühlte sich hilflos. Dass in einer der Bademanteltaschen etwas steckte, was für den Titus sehr wichtig war, hatte sie total vergessen.

Desiree nahm die Badetasche und wanderte langsam der Wohnungstür zu. Als sie zum Titus-Zimmer kam, sagte sie: »Ciao dann!« und: »Wann geht denn der Zug?«

Der Titus saß noch immer auf dem Schreibtisch und rauchte. »In zwei Stunden«, sagte er und: »Mach bitte den Plattenspieler aus!«

Desiree lief ins Wohnzimmer, drückte Knöpfchen am Stereoturm, nahm die Beethovenplatte vom Plattenteller und schaute sich nach der Plattenhülle um. Als ihr Blick suchend über die Ablageflächen der Schrankwand glitt, blieb er an der Lade hängen, in der die Pistulka'schen Wertpapiere lagerten. Da fiel Desiree ein, dass sie eines ihrer Sparbücher dringend brauchte. Der Großvater hatte in ein paar Tagen Geburtstag und Desiree war seit ihrem Auszug aus dem Hause Pistulka in Finanznöten. Der Großvater gab ihr zwar jede Woche, am Sonntag, Taschengeld, aber er hatte anscheinend keine Ahnung, wie ein ordentliches Taschengeld heutzutage auszusehen pflegte. Jeden Sonntagmorgen legte er neben Desirees Kaffeeheferl einen Zwanzigschillingschein. Da Desiree den Großvater nicht kränken wollte, tat sie jedes Mal, als sei das eine großzügige Spende. Dabei reichte es kaum für die Auslagen, die Desiree für den Schulkram hatte; ganz zu schweigen von Eis und Schwimmbad und Comics.

Desiree zog das Wertpapierladerl aus der Schrankwand, nahm ihre drei Sparbücher heraus und stopfte sie in die Badetasche und verließ endgültig die Wohnung.

Lust, ins Schwimmbad zu gehen, hatte sie keine mehr. Sie wollte zum Großvater. Sie brauchte dringend jemanden, dem sie vom Titus erzählen konnte.

Im Autobus zur Siedlung hinauf holte Desiree die drei Sparbücher aus der Badetasche und wollte sich am Anblick der fetten Zahlen, die eingetragen waren, erfreuen. Das gelang ihr leider nicht. Mit heutigem Datum hatte jemand ihr gesamtes Vermögen bis auf je zehn Schilling pro Sparbuch abgehoben. 3500, 4820 und 7390 Schilling fehlten, und Desiree zweifelte keinen Augenblick, dass der Titus sich das Geld geholt hatte. Der Titus war doch immer total blank. Nie kam er mit seinem Taschengeld aus. Jetzt war Desiree klar, womit der Kerl seine Romfahrkarte bezahlt hatte und wie er der abgebrannten Mizzi zu helfen gedachte!

Desiree steckte die Sparbücher in die Badetasche zurück.

»Schwein, du«, murmelte sie. »Wenigstens ein paar Hunderter hättest mir lassen können!«

Der Großvater war nicht zu Hause. Desiree wartete eine gute halbe Stunde, dann ging sie ihn suchen, denn weit konnte der Großvater nicht sein, sonst hätte er Nachricht für Desiree hinterlassen.

Desiree fand den Großvater im hinteren Lobmeier-

Garten. Er kniete bei den Stangenbohnen und zerkrümelte Erde zwischen den Fingern und sagte, die Erde sei nichts wert, Dünger müsse her. Aber kein chemischer, sondern ein biologisch reiner. Er habe da ein Buch gekauft, da werde er nachschauen und etwas Passendes raussuchen. Die alte Lobmeierin stand neben dem Großvater und tat skeptisch. Ob das nicht ein Rückschritt sei, fragte sie. Da erfänden kluge Menschen die feinsten Sachen und dann wolle der Großvater wieder wie anno Schnee düngen. Noch dazu, wo weit und breit keine Kuh zu sehen sei, die einen Dungfladen spendieren könnte.

»Verkalkte Urschel«, sagte der Großvater, aber er sagte es so leise, dass ihn die Lobmeierin, die ein wenig schwerhörig war, nicht verstand. Dann sah der Großvater Desiree und rappelte sich ächzend vom Boden hoch. »Schon vom Baden zurück?«, fragte er und rieb sich die Knie. »Steif wie ein alter Besen bin ich«, stöhnte er.

Desiree sagte dem Großvater, dass sie gar nicht im Bad gewesen war, sondern beim Titus. Sie erzählte dem Großvater ausführlich, was sie beim Titus gesehen und was sie vom Titus gehört hatte. Als Desiree mit ihrem Bericht – inklusive Sparbuchplünderung – fertig war, schauten sich der Großvater und die alte Lobmeierin zuerst einmal Desirees Knie und Hände an. Die Lobmeierin holte Verbandszeug und desinfizierenden Saft und verpasste Desiree dicke weiße Knieschützer und Fäustlinge. Dabei bedauerte sie Desiree wegen der »scheußlichen Wunden« und wegen der leeren Sparbücher auch. Der Großvater schwieg.

»Emil, was tust denn jetzt?«, fragte die alte Lobmeierin den Großvater.

»Heimgehen und Garten spritzen«, sagte der Großvater.

»Depp! Was du wegen Titus tust, mein ich!«, sagte die alte Lobmeierin.

»Nix! Überhaupt nix«, sagte der Großvater.

Da erregte sich die alte Lobmeierin mächtig. Der Großvater müsse unbedingt etwas tun, sagte sie. Entweder müsse er stante pede dem Titus ins Gewissen reden oder er müsse seine Tochter informieren. »Das ist ja wie eine Mittäterschaft, wennst was weißt und das Maul hältst! Das wird dir deine Tochter nie verzeihen, das sag ich dir!« Die alte Lobmeierin verschränkte die Arme über dem Bauch und wackelte mit dem Kopf und wartete auf Antwort vom Großvater.

Der Großvater verschränkte auch die Arme über der Brust. »Red net so geschwollen daher«, fauchte er die Lobmeierin an. »Was weiß denn ich! Vielleicht ist's wirklich ganz wichtig, dass der Bub zu dieser Mizzi fährt! Ich bin ja nicht der liebe Gott, dass ich das entscheiden kann!«

»Hast denn nicht gehört, dass er sitzenbleibt, wenn er jetzt abhaut?«, brüllte die alte Lobmeierin.

»Na und?«, rief der Großvater. »Sitzenbleiben ist auch net das Ärgste, wo's gibt im Leben! Wenn einer meint, er muss unbedingt was tun, soll man den lassen. Sonst glaubt er, sein Leben ist ihm versaut worden, und wird bös. Wenn man ihn aber lässt und es war ein Blödsinn, merkt er das sowieso!«

Die alte Lobmeierin wackelte wieder mit dem Kopf,

schnaufte verächtlich und war nicht bereit, dem Großvater zuzustimmen. Ob der Großvater denn nicht wisse, was heutzutage für Zeiten seien? Zeiten mit Rauschgift und Jugendkriminalität und Ausflippen und Nach-Indien-Fahren zu den Gurus. Total verschollen seien solche Jungen dann! Aus! Weg! Futsch! Nie mehr gesehen!

Der Großvater unterbrach die Hiobsbotschaften der alten Lobmeierin zwar mehrmals durch hämisches Gekicher, aber Desiree wurde bleich. Wenn die alte Lobmeierin auch gewaltig übertrieb, so ganz unrecht, fand Desiree, hatte sie nicht. Es waren ja wirklich schon Jugendliche von zu Haus abgehauen und nie mehr aufgetaucht. Bei der Vorstellung, der Titus könne demnächst zu diesen Jugendlichen gehören, wurde Desiree ganz flau im Magen.

Der Großvater merkte das. »Komm, Mädchen«, sagte er. »Gehen wir heim! Die alte Schwarzseherin hört ja das Gras wachsen! Nimm sie nicht ernst. Die bezieht ihre Weisheiten aus dem Lesezirkel!«

Die alte Lobmeierin schnitt dem Großvater ein Gesicht, als er mit Desiree den Garten verließ.

»Man muss jedem seine Freiheit lassen«, sagte der Großvater, »darum geht's, mein Mädchen. Oder nicht?«

Desiree fand nicht, dass es im Moment darum ging. Aber sie wollte dem Großvater nicht widersprechen.

»Was ich gesagt hab, das gilt natürlich nur für mich!« Der Großvater blieb – knapp vor dem Gartentürl – stehen. »Wenn du meinst, dass du es der Paula oder deinem Papa sagen musst, dann tu es, Mädchen!« Der Großvater deutete zum Telefonhüttel, drei Gärten weiter. »Ruf sie an, die Paula, jetzt gleich, sonst ist es zu spät!«

Desiree zögerte. »Aber der Titus wird mir dann bös sein«, sagte sie und nagte an der Unterlippe.

»Na und?« Der Großvater schob Desiree zum Telefonhüttel hin. »Hast mehr Angst *um* den Titus oder *vor* dem Titus?«

Desiree beschloss, dass ihre Angst um den Titus größer war als ihre Angst vor ihm, und lief zum Telefonhüttel. Eine knappe Stunde war noch bis zur Abfahrt vom Zug nach Rom. Wenn die Mama gleich vom *Paulinchen-Shop* zum Bahnhof fährt, dachte Desiree, kann sie den Titus aus dem Zug herausholen oder ihn beim Einsteigen abpassen.

Der Großvater wählte für Desiree die *Paulinchen-Shop*-Nummer, weil Desiree – mit den weißen Verbandfäustlingen – schlecht wählen konnte. Dann hielt er ihr den Hörer an ein Ohr.

Im *Paulinchen-Shop* meldete sich die Schuschi. Sie sagte, die Mama sei beim Friseur, beim Hundlinger. Sie gab Desiree die Nummer vom Friseur. Der Großvater schrieb die Nummer auf einen Zettel. Zehnmal wählte er dann die Nummer, aber immer war besetzt. Da rief der Großvater die Funktaxinummer an und bestellte einen Wagen zum Telefonhüttel. Er holte zwei Hundertschillingscheine aus der Rocktasche und gab sie Desiree.

»Fahr zu diesem Friseur hin«, sagte er. »Es müsst sich noch ausgehen mit der Zeit!«

Das Taxi kam zwei Minuten später. Der Großvater winkte hinter dem Taxi her, als es mit Desiree abfuhr. Bis Desiree nicht mehr zu sehen war, winkte er.

Die ganze Taxifahrt über schaute Desiree auf die Uhr und zählte die Minuten, die bis zur Abfahrt des Rom-Zugs noch blieben.

Bei »Jetzt sind es noch zweiundvierzig Minuten« hielt das Taxi vor dem Hundlinger-Friseur. Desiree bezahlte den Fahrer und fragte ihn: »Bitte, wie lang fährt man von hier bis zum Südbahnhof?«

»Zehn Minuten, vielleicht auch fünfzehn«, sagte der Taxifahrer und gab Desiree Geld zurück. Desiree war über diese Auskunft sehr erleichtert. Sie lief in den Frisiersalon und schaute sich nach der Mama um. Lauter Frauen in weißen Pelerinen saßen da. Die meisten hatten Trockenhauben über die Köpfe gestülpt. Desiree konnte die Mama nicht entdecken.

»Sind das Fräulein angemeldet?«, erkundigte sich ein Herr mit schwarzen Locken im weißen Mantel. Desiree schüttelte den Kopf. »Dann müssen gnädiges Fräulein warten.« Der Weißbemäntelte deutete auf einen freien Sessel. »Wir werden sehen, ob wir gnädiges Fräulein noch einschieben können.«

»Ich such nur meine Mama, die Frau Pistulka«, sagte Desiree.

Der Schwarzgelockte ließ seinen Blick über die Trockenhaubendamen schweifen, dann zeigte er zu einem Torbogen, der zu einem anderen Raum führte. »Wenn Sie dahinein gehen, gnädiges Fräulein«, sagte er.

Desiree nickte ihm zu und erstürmte den Raum hinter dem Torbogen.

Die Mama lag auf einem rosa Unding, halb Zahnarztstuhl, halb Luftmatratze. Ein rosa bekitteltes Fräulein machte sich an ihren Zehennägeln zu schaffen, ein anderes rosa bekitteltes Fräulein feilte an ihren Fingernägeln herum. Auf dem Gesicht der Mama war eine dicke Schicht hausbrotbrauner Gatsch. Nur die Augen, die Nasenlöcher und der Mund waren gatschfrei. Über die Haare der Mama war ein himmelblaues Netz gebunden. Ein drittes Fräulein blies mit einem Fön warme Luft ins himmelblaue Netz. Hätte Desiree nicht die zwei linsengroßen Muttermale am linken Wadel der liegenden Person erspäht, hätte sie die Mama überhaupt nicht erkannt.

Desiree stellte sich zum Kopf der Mama und sprach zu den zwei blauen Augen im brotbraunen Gatsch: »Mama, der Titus will nach Rom abhauen. Jetzt gleich. In einer Dreiviertelstunde!«

Das Fräulein bei den Mama-Händen sagte: »Deine Mutti kann nicht reden.« Sie deutete auf den Gatschbelag. »Sonst zerspringt die Gesichtsmaske, weißt du?«

Desiree war es schnurzegal, was es mit der Gesichtsmaske auf sich hatte. Sie redete weiter auf die zwei blauen Augen ein. »Die Matura, hat er gesagt, kann er später auch einmal machen und meine drei Sparbücher hat er geplündert. Total. Bis auf dreißig Schilling. Ich glaub, so bald will er nicht wiederkommen! Mama, du musst was tun, wirklich!«

Die drei rosa bekittelten Fräulein lauschten andächtig.

Die Mama setzte sich auf. Der brotbraune Gatsch im Gesicht der Mama bekam Sprünge. Der Mund der Mama versuchte zu reden, doch anscheinend ließ der Gatsch das nicht zu. Desiree zumindest verstand kein Wort. Sie sah bloß, dass sich die Lippen der Mama bewegten. Sie rief: »Mama, es ist ganz eilig. Der Zug ...« Desiree schaute auf die Uhr. »Der Zug fährt in siebenunddreißig Minuten, du musst schnell etwas tun, Mama!«

Die Mama bröselte getrockneten Gatsch von der Oberlippe und vom Kinn. »Was ist mit deinen Händen, Wurschtelfrau?«, rief sie, nun total verständlich. »Um Himmels willen, Wurschtelfrau, was ist denn passiert?«

»Mit meinen Händen ist nicht viel«, sagte Desiree. »Bloß ein bisschen abgeschunden. Ehrlich, Mama. Die alte Lobmeierin hat mir den Verband drum herumgewickelt. Und ich hab noch keine Zeit gehabt, ihn wegzutun!«

»Zeig her!« Die Mama nahm eine Hand von Desiree und wollte den Verband abwickeln. Desiree entzog ihr unwillig die Hand.

»Jetzt hör doch zu, Mama«, sagte sie. »Es geht um den Titus. Der fährt nach Rom und kommt nicht wieder, wenn du ihn nicht aufhältst.«

Die Mama bröselte weiter an ihrem Gesichtsgatsch herum und legte die Nasenspitze frei. »Wieso will er abhauen?«, fragte sie. »Spinnt er? Dreht der durch? Oder hat er was ausgefressen?«

»Es geht um eine Mizzi«, sagte Desiree. »Um eine aus seiner Klasse, die ist in Rom. Zu der will er.«

»Wieso ist die in Rom?« Jetzt hatte die Mama schon die ganze Nase gatschfrei. Rot gefleckt war die Nase.

Desiree rief: »Mama, das ist alles zu kompliziert. Das kann ich dir so schnell nicht erklären! Wirklich!«

Die Mama seufzte. »Das Telefon, bitte, Frau Erna!«, sagte sie. Das Fräulein, das an den Zehen der Mama gearbeitet hatte, stand auf und entfernte sich im Eilschritt.

»Wen willst du denn anrufen?«, fragte Desiree.

»Na, den Titus natürlich«, sagte die Mama.

Desiree wurde immer ungeduldiger. »So kapier doch endlich!«, rief sie. »Der ist nimmer zu Haus. Der ist schon auf der Bahn! Du musst ihn am Bahnhof abpassen oder im Zug suchen. Das geht sich gerade noch aus!«

Im Torbogen tauchte der Weißbemäntelte auf. Unter dem Arm hatte er einen Telefonapparat mit sehr viel Kabel. Das Kabel hinter sich auslegend, kam er zur Mama. Er schaute bekümmert.

»Von uns zu Haus zum Südbahnhof braucht man über eine halbe Stunde«, rief Desiree. »Er kann gar nimmer zu Haus sein.« Desiree boxte die Mama mit einem weißen Fäustling in die Schulter. »Komm schon! Zieh das Zeug aus und fahr zum Bahnhof, aber schnell bitte!«

Die Mama griff sich ins himmelblaue Haarnetz. Sie sagte: »Wurschtelfrau, wir sind nicht im Filmlustspiel übelster Sorte! Glaubst, ich renn mit Lockenwicklern auf dem Schädel und Tonerde im Gesicht einen Bahnsteig entlang?«

»Das Telefon, gnä' Frau?«, sagte der Weißbemäntelte und

hielt der Mama den Apparat hin. Die Mama winkte ab. Der Weißbemäntelte entfernte sich, das Telefonkabel raffend.

Desiree ließ den Umhang der Mama los, drehte sich um und schritt durch den Torbogen, dem Ausgang vom Friseurgeschäft zu.

»Wurschtelfrau, so bleib doch! Wurschtelfrau, so wart doch! Wurschtelfrau, komm zurück!«, rief die Mama hinter ihr her. Desiree scherte sich nicht darum.

Desiree ging todtraurig vom Frisiersalon weg. Ohne Ziel ging sie einfach drauflos. Und wahrscheinlich nur deshalb, weil das Friseurgeschäft Hundlinger im selben Häuserblock wie der *Paulinchen-Shop* war und Desiree den Weg *Paulinchen-Shop* – Pistulka-Haus schon sehr oft in ihrem Leben gegangen war, stand sie nach einer halben Stunde vor dem Pistulka-Haus. Die Hausmeisterin wusch gerade die große Einfahrt. Das Haustor und die Hoftür waren offen. Im Hof, vor der Klopfstange, neben den Abfallkübeln, stand ein knallgelbes Moped, das so aussah wie das Moped vom Anatol Homolka. Wenn der Anatol beim Titus zu Besuch war, stellte er sein Moped immer im Hof ab. Der Hofparkplatz erschien ihm sicherer gegen Diebstahl.

Desiree lief in den Hof, um sich zu vergewissern, dass da wirklich dem Anatol sein Moped stand. Knallgelbe Affenschaukeln gab es schließlich viele. Die Nummer vom Anatol-Moped kannte Desiree nicht auswendig. Da aber auf dem Benzintank vom Moped drei Marilyn Monroe-Abziehbilder klebten, identifizierte Desiree das Gefährt eindeutig als dem Anatol seines. Desiree schaute zu den Fenstern der

Pistulka-Wohnung hoch. Zwei Fenster waren offen. Eins war das Küchenfenster, eins war ein Wohnzimmerfenster. Desiree hörte Musik. Beethoven. Dass jemand anderer als Titus im Hause so laut Beethoven spielte, war nicht anzunehmen. Die anderen Mieter waren alle sehr diskrete, stille Menschen. Aus deren Wohnungen drang kaum je ein Laut.

Völlig verwirrt verließ Desiree den Hof und ging in den zweiten Stock hinauf. Die Beethovenmusik kam aus der Pistulka-Wohnung. Der Anatol wird ihn zum Dableiben überredet haben, dachte Desiree. Der Anatol ist ein Guter, ein Vernünftiger, ein Lieber!

Desiree sperrte die Wohnungstür auf und betrat das Vorzimmer. Und starrte entsetzt. Die Wohnung, soweit sie vom Vorzimmer her zu überblicken war, war in kolossaler Unordnung. Die Vorzimmerschranktüren standen offen, sämtliche Laden in den Vorzimmerkasteln waren herausgezogen. Die Tür zum Abstellkammerl stand offen; auch dort musste jemand hektisch gekramt haben.

»Mensch, Titus, jetzt gib doch die Sucherei auf, wirklich.« Das war die Stimme vom Anatol und sie kam aus dem Marzipanschweinbauch. »Wir haben doch schon alles durchsucht. Und dein Zug ist längst weg!«

»Ich bring das Luder um! Ich schwör's dir! Dass die Wurschtelfrau derart gemein sein kann, hätt' ich mir nicht gedacht!« Das war die Stimme vom Titus. Sie kam auch aus dem Marzipanschweinbauch.

Desiree blieb verdattert im Vorzimmer stehen.

»Ich sag dir, sie hat ihn zum Großvater mitgenommen, ist doch auch logisch«, sagte die Anatol-Stimme.

»Aber wenn er dort nicht ist! Ich hab doch ihr ganzes Zimmer durchsucht, da war nichts!« Das war die Titus-Stimme.

»Alles hast sicher nicht durchsucht«, sagte die Anatol-Stimme. »Und vielleicht spielt der Alte mit. Das kannst ja nicht wissen! Und überhaupt! Eins muss ich dir sagen: Ein vernünftiger Mensch macht sich aber auch keinen Treffpunkt am Bahnhof aus.«

»Red kein Blech«, rief die Titus-Stimme. »Wenn sie doch nicht gewusst hat, wo sie schlafen wird. Und kein Geld mehr gehabt hat. Ist doch logisch, dass sie gesagt hat, sie holt mich vom Bahnhof ab.«

»Wenn du morgen nicht aus dem Zug steigst, wird sie eben beim nächsten Zug sein, der aus Wien kommt, eisern! Krieg jetzt keine Panik, bitte!«

»Und wie soll ich zum nächsten Zug kommen«, rief die Titus-Stimme ganz verzweifelt, »wenn das kleine Luder den Pass nicht rausrückt? Ha? Kannst mir das sagen, ha?«

»Ich werd mit der Wurschtelfrau reden«, sagte der Anatol. »Ganz vernünftig, verstehst?«

»Ich werd ihr ein paar runterhauen! Ganz vernünftig, verstehst? Die soll mir nur unter die Finger kommen, die wird schauen! Umbringen werd ich sie! Echt!«

Desiree schlich zur Wohnungstür zurück, öffnete sie leise und zog sie – genauso leise – hinter sich wieder zu. Sie ging zum Lift. Ihr Herz klopfte unheimlich stark. Sie dachte:

Ewig wird er jetzt glauben, dass ich ihm das vermasseln wollt! Nie mehr wird er wieder gut mit mir werden.

Desiree fuhr mit dem Lift ins Erdgeschoss hinunter. Im Lift war ein großer Spiegel. Desiree beschaute ihr Spiegelbild und sagte zu ihm: »Umbringen wird er mich! Runterhauen wird er mir ein paar!« Und dann, da stand der Lift schon im Erdgeschoss, sagte Desiree zu ihrem Spiegelbild: »Bitte! Soll er! Aber dann soll er auch einen wirklichen Grund dazu haben! Damit es sich auszahlt!«

Desiree ging die Straße hinunter und bog dann, nach vier Häuserblocks, in die Seitengasse ein und ging bis zu einem dreistöckigen, stark verzierten Haus mit einer üppigen Schmiedeeisentür.

In dieses Haus hatte sie die Mizzi früher oft hineingehen sehen. Sie klingelte an der Tür der Hausbesorgerin. Sie sagte, als die Hausbesorgerin die Tür aufmachte: »Bitte, wo wohnt da die Marie-Theres?«

Mizzi wurde die Marie-Theres ja nur von ihren Schulfreunden genannt. Den Familiennamen der Mizzi kannte Desiree gar nicht.

Die Hausbesorgerin war schwarzhaarig und ziemlich braunhäutig. »Marie-Thes?«, fragte sie. »Da kein Marie-Thes!«

»Marie-Theres«, wiederholte Desiree. »Und zwei Brüder hat sie, einen so und einen so!« Desiree zeigte die ungefähre Höhe der Mizzi-Brüder.

»Ach so.« Die Hausbesorgerin nickte mit dem Kopf. »Drittes Stock wohnen.« Die Hausbesorgerin beugte sich ein bisschen zu Desiree. »Sind aber nix da, sind weg.« Die Hausbesorgerin wiegte den Kopf. »Dumm Mädchen. Futsch. Mama viel weinen.«

Desiree bedankte sich bei der Hausbesorgerin und lief die Treppe hinauf.

»Tür auf link Seiten. Namen Mrkwyzka«, rief ihr die Hausbesorgerin nach.

Der aus der 1 B öffnete die Mrkwyzka-Türe. Ziemlich verblödet gaffte er Desiree an, und Desiree wäre am liebsten umgekehrt, doch da tauchte um die Vorzimmerecke eine Frau auf, eine blonde, eine, die sehr nett ausschaute.

»Zu wem willst du denn?«, fragte die Frau.

»Sind Sie die Mutter von der Mizzi, ich mein, von der Marie-Theres?«

Die blonde Frau nickte.

»Ich heiße Desiree, ich bin die Schwester vom Titus, wir haben einmal in der Früh miteinander telefoniert«, sagte Desiree.

Die blonde Frau lächelte Desiree zu, aber sehr heiter wirkte sie dabei nicht. »Komm herein«, sagte sie.

Desiree ging hinter der Frau her in ein Wohnzimmer. Im Wohnzimmer, unter dem Esstisch, hockte ein kleiner Bub mit einem Plastikrevolver. »Päng, päng, päng«, brüllte er, als Desiree mit der Frau in das Zimmer kam. Und dann schrie er: »Jetzt seid ihr tot und müsst umfallen!«

»Michi, gib Ruh!«, sagte die Frau zu dem kleinen Buben. »Und tu das fürchterliche Ding weg. Aber sofort!«

Der kleine Bub kam unter dem Tisch hervor. »Bähhh«,

machte er zur Frau hin und rannte dann aus dem Zimmer. Von draußen hörte man wieder »Päng, päng, päng« und dann die Stimme von dem aus der 1 B: »Hau ab, du Depp!«

Die Frau setzte sich zum Esstisch. »Magst du was zu trinken?«, fragte sie. »Eine Cola oder einen Himbeersaft?«

»Danke, nein«, sagte Desiree. »Ich geh auch gleich wieder. Ich bin nur da, weil ich weiß, wo die Mizzi, ich meine, wo Ihre Tochter ist.«

»Das ist lieb von dir«, sagte die Frau. »Aber dort ist sie nimmer. Ihr Vater hat mich angerufen. Sie hat mit ihm gestritten. Und am nächsten Morgen war sie einfach weg.«

Der aus der 1 B kam zur Wohnzimmertür. »Mutti«, sagte er, »der Michi gibt keine Ruh! Er sekkiert mich dauernd. Jetzt sitzt er bei meinem Schreibtisch und geht nicht weg!«

Die Frau seufzte, stand auf und ging aus dem Zimmer. Gleich darauf brüllte es entsetzlich laut. Der kleine Bub musste das sein. Dann wurde das Brüllen leiser und die Frau kam wieder zurück.

»Setz dich doch nieder«, sagte sie zu Desiree.

Desiree setzte sich der Frau gegenüber an den Tisch. Sie sagte: »Ich weiß, dass die Mizzi nicht mehr in Spanien ist. Sie ist in Rom. Und Geld hat sie keines. Überhaupt keines, glaub ich.«

Die Frau sprang auf. »In Rom?«, rief sie. »Wieso glaubst du, dass sie in Rom ist?«

»Ich weiß es«, sagte Desiree.

»Und wo? In welchem Hotel? Kennst du die Adresse? Bist

du wirklich sicher, dass sie dort ist?« Die Frau setzte sich wieder zum Tisch und schaute Desiree aufgeregt an.

»Sie wohnt in keinem Hotel, weil sie doch kein Geld hat«, sagte Desiree. »Aber morgen, wenn der Zug aus Wien kommt, wird sie auf dem Bahnhof sein. Ganz sicher. Weil sie dort auf meinen Bruder wartet. Außer natürlich, wenn sie noch einmal bei uns zu Hause anruft. Weil, dann merkt sie, dass mein Bruder nicht weggefahren ist. Aber ich denk mir, sie wird nicht anrufen. Weil sie ja kein Geld hat. Und weil sie ja glaubt, dass der Titus schon weggefahren ist.«

Die Frau starrte Desiree an. »Langsam, langsam«, sagte sie. »Erklär mir das bitte noch einmal. Ich kann das nicht verstehen!«

Desiree erklärte die ganze Angelegenheit langsamer und genauer; inklusive der Liebe vom Titus zur Mizzi und dem irrtümlich in der Bademanteltasche steckenden Pass und dem erlauschten Gespräch mit Beethoven-Begleitmusik. Als sie mit der Erklärung fast zu Ende war, kam ein Mann ins Zimmer.

»Wir haben Besuch?«, fragte er. Dann sagte er: »Mrkwyzka«, und gab Desiree die Hand. Und dann setzte er sich auch zum Tisch. Die Frau sagte zu ihm: »Harry, das ist Desiree Pistulka, die Schwester vom Titus Pistulka. Hör dir an, was sie zu erzählen hat!«

»Aber gern«, sagte der Mann, »nur ein Bier hätt ich gern dazu. Oder sonst was zu trinken. Ich komm um vor Durst.«

Die Frau ging um ein Bier, und Desiree blieb nichts anderes übrig, als ihre Geschichte wieder von vorn zu beginnen.

Der Mann hörte ihr aufmerksam zu. Vom Bier, das die Frau in einem Krügel auf den Tisch gestellt hatte, trank er keinen einzigen Schluck.

»Und jetzt ist er bös auf mich, der Titus«, sagte Desiree zum Schluss. »Und wenn er wüsste, dass ich zu Ihnen gekommen bin, würd er mich echt umbringen.«

Die Frau schnäuzte sich, ihre Augen waren tränennass.

»Jetzt wein nicht«, sagte der Mann, »jetzt ist es ja nicht mehr so trostlos.« Er ging ins Vorzimmer. Was er dort tat, konnte Desiree nicht sehen, und hören konnte sie es auch nicht, weil der aus der 1 B ins Wohnzimmer kam und raunzend fragte, ob es heute kein Nachtmahl gebe, und der kleine Bub wieselte hinter ihm her. Er schleppte ein Wäscheseil an und wollte, dass ihm jemand daraus ein Lasso mache, weil er Pferdediebe einfangen müsse. Desiree erklärte dem kleinen Buben, dass der Wäschestrick für ein ordentliches Lasso zu dick sei, und schickte ihn um einen dünneren Strick. Der kleine Bub wuselte wieder ab. Der aus der 1 B merkte, dass seine Mutter weinte. Da verdrückte er sich. Desiree lauschte. Der Mann im Vorzimmer telefonierte. »Gut«, hörte sie ihn sagen. Und: »Wird mit Scheckkarte bezahlt!« Dann kam der Mann ins Zimmer zurück. Er hatte einen Zettel in der Hand. »Das geht sich alles bestens aus«, sagte er. »Pack dein Zahnbürstel ein, Schatz!« Er legte der Frau eine Hand auf die Schulter. »Du fliegst mit der Abendmaschine nach Frankfurt. Von dort gibt es noch einen Flieger nach Rom. Du schläfst im Flughafenhotel und bist mit Leichtigkeit am Bahnhof, wenn der Zug aus Wien ankommt.«

Die Frau schnäuzte sich wieder und stand auf. »Und die Kinder?«, fragte sie schnüffelnd.

»Da lass ich meine Mutter morgen kommen«, sagte der Mann. »Jetzt beeil dich bloß!«

Die Frau lief aus dem Zimmer.

»Hoffentlich klappt es«, sagte der Mann zu Desiree. »Fliegen ist nämlich ziemlich teuer. Und reich sind wir nicht!« Der Mann brachte Desiree zur Wohnungstür. »Ich dank dir recht schön, Kleine«, sagte er. »Du hast uns sehr geholfen. Und wenn's klappt, der Marie-Theres sicher auch.«

Diese Worte waren für Desiree ein kleiner Trost, denn eigentlich kam sie sich ziemlich mies und schäbig vor; sich auf die Seite der Erwachsenen zu schlagen ist keine einfache Sache für ein Kind, das auf sich hält.

Als Desiree in die Siedlung kam, sah sie vor dem Garten vom Großvater das Auto der Mama und das Auto vom Papa und das knallgelbe Moped vom Anatol. Desiree murmelte: »Oh, du Hölle«, und machte einen kleinen Umweg und näherte sich dem Großvater-Haus von der Hinterseite. Sie stieg über den Zaun, was mit den bandagierten Händen gar nicht so leicht war. Im Schutz der Fliederbüsche schlich sie die Hauswand entlang. Das Wohnzimmerfenster stand offen. Der Papa, die Mama, der Titus und der Anatol waren im Wohnzimmer. Und der Großvater auch. Und der Anatol-Kater hockte auf dem Rundbausekretär oben und hatte ein gesträubtes Fell und einen dicken Schwanz; so schaute der Kater nur aus, wenn er Feind witterte.

Im Wohnzimmer war ein kolossales Stimmengewirr. Die Stimme vom Großvater übertönte es. »Benehmt euch wie Menschen oder verschwindet«, rief der Großvater. »Streitet woanders!«

Desiree wollte das alles nicht hören. Sie schlich geduckt bis zum Vorderzaun und ging dann – weil man sie vom Wohnzimmer aus nicht mehr sehen konnte – aufrecht aus dem Garten und lief zum Lobmeier-Haus.

Die Kathi, der Jonny Matula und die alte Lobmeierin saßen im Garten und spielten Karten. Desiree setzte sich zu ihnen. Die drei legten die Karten weg.

»Wartest du ab, bis sie fort sind?«, fragte die Kathi voll Verständnis.

Desiree nickte.

»Dein Bruder war schon am Nachmittag einmal hier«, sagte die alte Lobmeierin. »Der Emil war nachher fuchsteufelswild. Das halbe Haus hat dein Bruder durchwühlt. Seinen Pass hat er gesucht. Und dann ist er weg. Und jetzt ist er vor einer halben Stunde wiedergekommen. Mit seinem Freund. Da war die Paula schon da. Und vor ein paar Minuten ist dein Papa angefahren. Und gerade vorher, da haben sie alle gebrüllt, dass die Siedlung gewackelt hat!«

»Um was streiten sie denn?«, fragte Desiree. Aber das wusste die alte Lobmeierin nun auch nicht, denn aus dem, was streitende Leute herumbrüllen, ist meistens nicht viel zu entnehmen.

»Das werden wir gleich haben«, sagte der Jonny grinsend. »Ich geh spionieren!«

Die alte Lobmeierin war dagegen. Das sei nicht recht, meinte sie. Da aber Desiree und die Kathi dafür waren, lief der Jonny aus dem Garten und verschwand in Richtung Großvater-Haus.

Die alte Lobmeierin wickelte Desirees Handverbände auf. Die zerschundenen Stellen waren schon ziemlich abgetrocknet. Desiree sagte, sie brauche keinen Verband mehr, doch die alte Lobmeierin bestand auf neuen weißen Fäustlingen. »Brauchst morgen in der Schul nicht mitschreiben«, sagte sie. »Alles hat seine Vorteile!«

Dann brachte die alte Lobmeierin ein kaltes Nachtmahl. Desiree konnte wegen der Fäustlinge die Brote schlecht halten. Die Kathi musste ihr die Brote vor den Mund halten, damit Desiree abbeißen konnte. Der Kathi kam das sehr komisch vor. Sie kicherte unentwegt. Desiree kicherte ein bisschen mit; aber nur aus Höflichkeit.

Drei belegte Brote hoben Desiree und Kathi für den Jonny Matula auf. Sie mussten lange warten, bis der zurückkam. Und als er dann endlich kam, war er ziemlich verstört.

»Mensch, Desiree«, sagte er kopfschüttelnd, »du hast vielleicht eine Familie! So was von Streiterei hab ich ja überhaupt noch nicht gehört! Die schimpfen noch lauter als die Rohrspatzen!«

»Um was geht's denn?«, fragte die Kathi.

»Um alles«, sagte der Jonny. »Von der Desiree und vom Pass vom Titus war überhaupt nicht die Red, solang ich zugehört hab. Und der Großvater sitzt im Garten. Er hat mich gesehen, Er hat zu mir gesagt, er lässt die drinnen allein streiten. Das ist ihm zu blöd. Ich hab ihm gesagt, dass du bei der Kathi bist. Er hat gesagt, du sollst erst zurückkommen, wenn sie weg sind!«

»Sowieso!«, sagte Desiree. Sonst sagte sie nicht mehr viel. Sie schämte sich vor dem Jonny für ihre Familie.

Gegen acht Uhr ging der Jonny Matula nach Hause. Gegen halb neun Uhr fuhr das Auto vom Papa ab. Um halb zehn knatterte das Moped los. Und eine Viertelstunde später startete das Auto der Mama. Da verabschiedete sich Desiree von der Kathi und ging heim.

Der Großvater erwartete sie an der Gartentür.

»Entschuldige, Großvater«, sagte Desiree.

»Was soll ich entschuldigen?«, fragte der Großvater.

»Meine Familie«, sagte Desiree.

»Ist ja schließlich irgendwie auch meine«, sagte der Großvater. »Entschuldige also auch, mein Mädchen!«

Der Großvater legte einen Arm um Desirees Schultern.

»War halb so schlimm«, sagte er. »Irgendwie sind sie nämlich alle ganz nette Menschen. Nur so zusammen, als Familie, da taugen sie keinen roten Heller!« Der Großvater ging mit Desiree der Haustür zu. »Weißt was?«, sagte er. »Eigentlich wär's mir lieber, du würdest mich einfach Emil nennen!«

»O.k., Emil!«, sagte Desiree.

9. Kapitel, *welches das letzte ist und von Desiree Pistulka allerhand Entschlusskraft fordert, weil man es nicht allen recht machen kann, wenn man alles richtig machen will.*

Bevor Desiree am nächsten Tag das Haus verließ, steckte sie den Pass vom Titus und die ÖBB-Fahrkarte in ein Kuvert, nahm ein Blatt Papier, wickelte die weißen Fäustlinge von den Händen – um besser schreiben zu können – und schrieb auf das Blatt Papier:

Lieber Bruder!
Auch wenn Du es nicht glaubst, aber es war nur ein vergesslicher Fehler von mir, weil ich den Pass und die Fahrkarte eingesteckt habe, wie ich Dich in dein Zimmer kommen gehört habe, weil ich doch weiß, dass Du es nicht magst, wenn man in Deinen Sachen herumkramt. Und ich wollte nicht, dass Du merkst, dass ich in Deinen Angelegenheiten wühle. Dass Du mich geldmäßig total geplündert hast, vergebe ich Dir. Ich verlange das Geld erst zurück, wenn Du erwachsen bist und etwas verdienst.
Deine Schwester Wurschtelfrau.
PS: Nach Rom fahren musst Du nicht mehr. Die Mutter von der Mizzi ist schon dort, wenn Du diesen Brief liest, und wird die Mizzi heimholen. Daran hab ich die

Schuld, weil ich nicht anders konnte, wegen der Angst um Dich und der Gerechtigkeit, nach der ich mich richten muss.

Im Autobus zeigte Desiree der Kathi, dem Jonny und der Anna-Luise den Brief. Die drei fanden, der Brief sei goldrichtig und sehr ehrlich.

Desiree hatte die Absicht gehabt, dem Titus den Brief in der Zehn-Uhr-Pause zu überreichen. Dass der Titus nach allem, was vorgefallen war, heute wieder die Schule schwänzen würde, nahm sie nicht an.

Desiree musste mit der Briefübergabe gar nicht bis zur großen Pause warten. Der Titus und der Anatol standen vor dem Tor, als Desiree zur Schule kam.

»Ich hab mit dir zu reden, Schwesterherz«, sagte der Titus grimmig und packte Desiree am Arm. Ganz fest packte er zu.

»Lass den Schatz los, Titus«, rief der Anatol. »Brutalität ist kein Argument, Alter!«

Desiree griff in die Hosentasche, zog das Kuvert mit Brief, Fahrkarte und Pass heraus und reichte es dem Titus. Der schaute ins Kuvert, sah Pass und Karte und zischte dem Anatol zu: »Na bitte! Das Luder hat sie! Aber du warst dir ja so sicher, dass die Kleine so was nicht tut!«

»Ein Brief ist auch drinnen«, sagte Desiree.

»Ich scheiß auf deinen Brief.« Der Titus wollte das Kuvert einstecken.

»Lies den Brief!«, forderte der Anatol.

Der Titus zog den Briefbogen aus dem Kuvert, entfaltete ihn und las mit gerunzelter Stirn. Der Anatol schaute ihm über die Schulter und las mit.

Der Titus las den Brief anscheinend etliche Male, weil er unheimlich lang auf das Blatt Papier stierte. Endlich ließ er es sinken. »Du Laus, du! Du stinkende Schildlaus, du!«, sagte er leise und drohend zu Desiree. »Sag, dass das nicht wahr ist! Sag, dass du nicht so einen Schweinscharakter hast, dass du die Mizzi, ganz ohne Grund, bei ihrer Alten verpfeifst!«

»Ich hab sie nicht verpfiffen«, rief Desiree. »Ich hab nur alles in Ordnung bringen wollen. Du gehörst hierher und nicht nach Rom! Und die Mizzi gehört auch hierher! Und ihre Mutter ist nett! Und der Mann auch!«

Der Titus wollte auf Desiree losgehen. Der Anatol hielt ihn zurück und brauchte ziemlich viel Kraft dazu. Keuchend sagte er: »Mensch, Alter, benimm dich! Bist doch selber schuld. Weißt doch, dass der Schatz ein angepasstes Mauserl ist, hättest halt deine Pappen gehalten! Was soll denn das, dass du jetzt hinhauen willst, das ändert doch nichts!«

Der Titus sah das ein. Er versuchte nicht mehr, am Anatol vorbei nach Desiree zu greifen. »Für mich bist gestorben, Wurschtelfrau, auf ewig«, sagte er. Und ging weg. Nicht ins Schulhaus hinein, sondern über die Straße hinüber und dann zwei Häuser weit hinunter und ins Café Weininger hinein.

Der Anatol schaute ihm nach. »Schatz, Schatz, dem Titus geht es wirklich mies«, sagte er bedauernd.

»Ich wollte ihm wirklich nur helfen«, sagte Desiree, »glaub mir das, Anatol, ehrlich.«

»Dem ist nicht zu helfen«, murmelte der Anatol und schob Desiree ins Schulhaus hinein. »Und im Übrigen lässt er seine Aggressionen an dir aus, weil das am leichtesten geht. Aber in Wirklichkeit dreht er ja nur durch, weil die Mizzi mit diesem Typ nach Rom ist. Nichts wie Eifersucht ist das. Das musst verstehen, Schatz! Zuerst ewige Liebe und Waschtrog und dann lacht sie sich einen anderen an. Dazu noch einen, der sie nach einer Woche sitzen lässt!«

Desiree ging mit dem Anatol den Schulgang zur Treppe hin. Sie nagte an der Unterlippe. Wieso, fragte sie sich, wollte er denn überhaupt nach Rom zur Mizzi, wenn er bös auf sie ist wegen dem anderen?

»Er müsst aufhören, die Mizzi zu lieben«, sagte der Anatol. »Aber das geht halt nicht so einfach. Und ich glaub, der Titus eignet sich für leidende Lieben. Und wennst mich fragst, Schatz, ist es eh besser, dass er nicht nach Rom ist. Die hätten doch nur gestritten. Er hätt ihr Vorwürfe und Szenen gemacht. Und die Mizzi, die lässt sich das nicht gefallen.«

»Ich versteh das alles überhaupt nicht«, sagte Desiree und stieg neben dem Anatol die Treppe hinauf.

»Sei froh, mein Schatz«, murmelte der Anatol und dann murmelte er noch etwas, aber das konnte Desiree nicht verstehen, weil die Schulglocke schrill zu bimmeln anfing.

Da der Maxelmeier, bei dem Desiree die erste Unterrichtsstunde hatte, schon im Halbstock zu sehen war, nickte

Desiree dem Anatol bloß schnell zu und lief dann in ihre Klasse.

Der Titus kam die ganze Woche nicht mehr in die Schule. Von der Mama, mit der Desiree wegen neuer Sandalen telefonierte, erfuhr sie, dass der Titus zu Hause im Bett lag und sich für krank erklärte. Und dass ihn die Frau Kronberger, die als Einzige an diese Krankheit glaubte, mit zarten Speisen und bitteren Tees versorgte. Und dass der Titus die zarten Speisen und die bitteren Tees nicht anrührte; was die Frau Kronberger noch mehr davon überzeugte, dass der Titus ein schweres Leiden haben müsse.

Vom Anatol erfuhr Desiree, dass die Mizzi wieder zu Hause war. Und dass es der überhaupt nicht schlecht gehe. »Ich glaub«, sagte der Anatol, »die ist hautfroh, dass alles so gekommen ist. Einmal hätt sie ja sowieso zurückmüssen. Und dann hätt sie reuig zu Kreuze kriechen müssen. Da ist es schon angenehmer, wenn einen das heulende Mutterl am Bahnhof in die Arme schließt und einen zur Heimkehr überredet!«

Die Mizzi, sagte der Anatol, werde in der Schule natürlich genauso wenig abgeschlossen wie der Titus. »Die können im nächsten Herbst die Siebente noch einmal von vorn anfangen«, sagte er. »Und ich krieg eine Nachprüfung in Latein. Ich muss mir noch überlegen, ob ich die bestehen soll. Wär ja nicht so übel, wenn wir drei nächstes Jahr wieder beisammen wären!«

Desiree fand die Leichtigkeit, mit der der Anatol über seine Nachprüfung und das Wiederholen der Klasse sprach, etwas schockierend, doch das sagte sie dem Anatol nicht. Sie war überzeugt, der Anatol hätte sie nur ausgelacht, hätte sie ihm seine Einstellung zur Schule vorgehalten.

Am Sonntag war Großvaters Geburtstag. Desiree hatte – unter Anleitung der alten Lobmeier – für den Großvater einen Germgugelhupf gebacken. Der war wunderschön hochgegangen und sah herrlich aus. Desiree deckte für den Großvater den Frühstücks-Geburtstagstisch im Garten. Außer dem Gugelhupf schenkte Desiree dem Großvater noch drei Packerln Zigaretten, ein Paar Socken, eine neue Gießkanne und ein Brillenetui. Das Geld für die Geschenke hatte sie beim Sandalenkaufen eingespart. Die Mama hatte ihr sechshundert Schilling für die Sandalen gegeben. Desiree hatte wesentlich billigere gekauft.

Der Großvater freute sich enorm über den Geburtstagsfrühstückstisch und über die Geschenke. Vor allem die Gießkanne freute ihn, weil die eine blecherne war. »Wie zu anno Schnee«, sagte der Großvater bewundernd und behauptete, das Gemüse und die Blumen würden ab jetzt viel besser wachsen. »Die werden nämlich auch nicht gern aus einem Plastikkandel ernährt«, sagte er. Als Desiree und der Großvater gerade mit dem Frühstück fertig waren und der Großvater »aus purer Völlerei« noch ein viertes Stück vom Gugelhupf nahm, kamen der Papa und die Mama. Desiree war nicht glücklich über diesen unangemeldeten Besuch. Erstens, weil der Papa und die Mama anscheinend vergessen hatten, dass Großvater-Geburtstag war. Sie hatten weder Blumen, Torte noch Zigarettenstangen mit. Und zweitens, weil in einer knappen halben Stunde die Abfahrt ins Waldviertel angesetzt war. Der Großvater hatte sich von den Lobmeierinnen einen Ausflug ins Waldviertel gewünscht. Zu einem alten Freund. Den hatte er schon über zwanzig Jahre nicht mehr gesehen. Um dem Großvater den Geburtstagswunsch erfüllen zu können, hatte die junge Lobmeierin für den Sonntag einen VW-Bus gemietet, einen mit Sitzbänken drinnen. Damit die vier Lobmeierinnen, der Großvater, Desiree und der Jonny Matula Platz hatten.

»Wir müssen nämlich mit dir etwas Wichtiges besprechen«, sagte die Mama zu Desiree.

»Und dein Geld bringen wir auch zurück.« Der Papa überreichte Desiree einen Scheck. »Haarscharf der Betrag, den dir dein Bruder entwendet hat«, sagte er.

Desiree steckte den Scheck ein. »Danke schön, es wär aber nicht so eilig gewesen«, sagte sie. Und dann: »Wir haben aber nicht viel Zeit. In einer halben Stund werden wir abgeholt. Wir fahren ins Waldviertel.«

Die Mama entschuldigte sich für den unangemeldeten Besuch. Aber das komme bloß daher, sagte sie, weil der Großvater kein Telefon habe. Sie könne ja nicht gut zuerst ein Telegramm schicken, wenn sie ihre Tochter besuchen wolle.

Der Papa sagte, was er mit Desiree zu besprechen habe, sei in einer halben Stunde ohnehin leicht erledigt. Es gehe nämlich darum, dass er und die Mama allerhand eingesehen haben, in Bezug auf Familie und Kinder. Wenn die Tochter auszieht und der Sohn nur zufällig nicht abhaut, müsse man sich ja schließlich Gedanken machen und merken, dass da etwas falsch gelaufen sei. Und von jetzt an, sagte der Papa, werde sich der Haushalt Pistulka total anders gestalten! Er und die Mama seien überzeugt, dass ihnen das gelingen werde! Eine nette, freundliche, friedliche, sonnige Familie würden die Pistulkas ab jetzt sein! Von Urlauben redete der Papa, von schönen Wochenenden, von gemeinsamen Abendessen. Und von Schulsorgen, deren er sich annehmen werde. Und vom Geldverdienen, das gar nicht so wichtig sei. Und dass die Mama eine ständige Verkäuferin anstellen werde. Nur mehr am Vormittag werde sie ab jetzt im *Paulinchen-Shop* sein. Jeden Nachmittag werde sie zu Hause sein und treu für ihren Nachwuchs sorgen. Da sei dann auch die Frau Kronberger nicht mehr so sehr vonnöten, da reiche dann eine ganz normale Bedienerin, eine ohne Katzenallergie.

»Weil, dich, Wurschtelfrau«, sagte die Mama, »dich müssen wir natürlich zurückhaben. Sonst fehlt uns ja ein ganzes Viertel zur richtigen Familie!«

»Ohne dich, Wurschtelfrau«, sagte der Papa, »wäre alles sinnlos. Du bist doch viel mehr als nur ein Viertel von der Familie. Wo der Titus ja fast schon erwachsen ist. Auch wenn es nicht so wirkt!«

Der Anatol-Kater kam zum Frühstückstisch, beschnupperte die Beine von der Mama und vom Papa und sprang dann dem Papa auf den Schoß. Der Papa wurde stocksteif und schaute drein, als habe man ihm einen Haufen Bockmist auf die Knie gelegt, aber er verjagte den Anatol-Kater nicht.

»Komm her, Homolka, sonst bist du an einem Nervenschock schuld!« Der Großvater packte den Kater am Balg im Genick und setzte ihn auf den Boden. Der Kater mauzte empört und sprang – stur, wie Katzen nun einmal sind – wieder auf die Knie vom Papa.

»Lass ihn doch, Großvater«, sagte der Papa und lächelte sauer und schaute auf seine Knie, als ticke dort eine Zeitbombe.

Desiree zerbröselte ein Stückerl Gugelhupf zwischen den Fingern und nagte an der Unterlippe. Eine tiefe Rührung war über sie gekommen. Dass der Papa – ihretwegen – sogar den Kater auf den Knien duldete, war ein Liebesbeweis allererster Güte. Und dass die Mama wie ein reuiges Schulmäderl dahockte, das Besserung gelobte, überwältigte Desiree fast vor Mitgefühl und Zuneigung. Wo auf der Welt und wie oft in einem Jahrhundert gibt es schließlich schon Eltern, die sich ändern wollen, weil die Kinder mit ihnen unzufrieden sind?

»Na, mein Mädchen?« Der Großvater stupste Desiree. »Ich glaub, du solltest irgendwas sagen. Ein flehendes Elternpaar kann man doch nicht einfach ohne Antwort sitzen lassen, oder?«

Desiree nickte dem Großvater zu, aber dann nagte sie bloß weiter an der Unterlippe herum.

Dem Anatol-Kater gefiel es auf den Knien vom Papa doch nicht so recht. Er sprang auf die Knie der Mama. Der Papa wischte Katzenhaare von seinen Hosenbeinen. Die Mama streichelte den Kater.

»Weißt du, Wurschtelfrau«, sagte sie, »ich freu mich schon richtig. Es gibt wirklich noch bessere Sachen im Leben, als Ramsch zu verkaufen. Wirst sehen, Wurschtelfrau, wir werden es schön haben. Und der Titus, der wird auch wieder, wenn wir uns alle um ihn kümmern!«

»Aber sicher«, sagte Desiree.

Da strahlte die Mama über das ganze Gesicht und der Papa rief: »Fein, Wurschtelfrau! Dann ist ja alles wieder in bester Ordnung! Das müssen wir feiern! Jawohl, das feiern wir heute!«

Die Mama nickte begeistert. »Mit Krimsekt und Kaviar«, rief sie.

»Ihr wollt feiern, dass der Titus wieder normal wird?«, fragte Desiree verwirrt. »So was feiert man doch nicht, ich mein, noch bevor er normal geworden ist.«

»Aber Wurschtelfrau!«, rief die Mama. »Dass du wieder zu uns zurückkommst, feiern wir! Was glaubst denn, wie öd es zu Hause ohne dich war! Kein Leben war das, Wurschtelfrau, das kannst mir glauben!«

Desiree griff nach der Hand des Großvaters. Die Großvater-Hand fühlte sich rau und warm an. Es war ein gutes Gefühl, die Hand unter den Fingern zu spüren. Ein beruhigendes Gefühl.

Ein Gefühl, das Desiree Sicherheit gab.

»Mama, du bist sehr lieb«, sagte Desiree. »Und du, Papa, du bist auch sehr lieb. Und ihr seid auch sehr Liebe, wenn ihr euch nicht ändern würdet. Ihr seid schon in Ordnung. Ehrlich. Aber ich zieh nicht wieder zu euch. Das hat gar nichts mit euch zu tun. Ich bleibe hier, weil ich mit dem Emil zusammenbleiben will.«

»Mit dem Emil?« Die Mama schaute kugelrund.

»Das ist doch lächerlich«, rief der Papa. »Dieser Emil oder wie der heißt, der wird dir doch nicht so wichtig sein!«

»Dieser Emil«, rief die Mama, »der kann doch auch zu uns zu Besuch kommen! Jeden Tag, wenn er will, kann er kommen, Wurschtelfrau!«

Der Großvater kicherte.

»Du kannst deinen Emil gleich heut zum Feiern mitnehmen«, sagte der Papa.

Der Großvater kicherte noch mehr.

Die Mama schaute den Großvater bös an. »Was kicherst denn so saudumm?«, fragte sie. »Ich hab wirklich noch nie was gegen die Freunde meiner Tochter gehabt! Mir soll auch dieser Emil recht sein!«

»Oder hat der was?«, fragte der Papa besorgt. »Ich mein, ist er abscheulich oder so?«

Ein blauer VW-Bus kam den Siedlungsweg heraufgefahren und hielt vor dem Garten. Die junge Lobmeierin saß hinter dem Steuer, neben ihr die Kathi. Hinter ihnen hockten die alte und die mittlere Lobmeierin und der Jonny Matula. Die junge Lobmeierin hupte zweimal kurz. Die alte Lobmeierin kurbelte das Wagenfenster herunter und rief hinaus: »He, Emil, he, Desiree! Seid ihr noch nicht fertig?«

Die junge Lobmeierin drückte wieder zweimal auf die Hupe. Diesmal wesentlich lauter.

Und die alte Lobmeierin brüllte: »Emil, so mach schon! Emil, jetzt kommt!«

Der Kater war über die Huperei sehr erschrocken. Er sprang von den Knien der Mama und sauste unter die Fliederbüsche.

Desiree sagte zum Großvater: »Emil, wir müssen jetzt wirklich gehen.«

Die Mama schaute den Großvater fassungslos an. »Du bist der Emil?«, fragte sie.

»Seit eh und je«, sagte der Großvater. »Seit genau zweiundsiebzig Jahren. Hab ich dir auch nie verschwiegen!«

»Natürlich wissen wir, dass du Emil heißt«, zischte der Papa dem Großvater zu. »Nur in diesem Zusammenhang war es uns nicht klar!«

Der Großvater stellte das Frühstücksgeschirr auf ein Tablett. Er sagte zur Mama und zum Papa: »Was schaut ihr mich denn so wild an? Ich hab gedacht, ihr habt gegen die Freunde eurer Tochter nichts!«

Die Mama verzog ein bisschen das Gesicht, doch dann entschloss sie sich zu einem Lächeln. Das gelang ihr auch. »Lass das Geschirr stehen, Emil«, sagte sie. »Und geht schon! Die werden sonst ungeduldig! Ich trag die Sachen rein.«

Der Großvater nickte der Mama zu. »Dann brauchst du aber einen Hausschlüssel!« Er griff in die Hosentasche, holte einen Schlüsselbund heraus, nahm einen Schlüssel ab und reichte ihn der Mama. »Das Gartentürl kannst offen lassen!«

»Das hab ich noch nie in meinem Leben zugemacht.« Die Mama steckte den Schlüssel in die Rocktasche.

»Verlier ihn aber nicht!«, sagte der Großvater.

»Ich bin kein Kind mehr, Emil«, sagte die Mama. Sie klopfte auf die Rocktasche. »Den Schlüssel brauch ich sowieso! Ich mag schließlich nicht immer wie ein Vertreter klingeln, wenn ich die Wurschtelfrau besuchen will!«

Der VW-Bus hupte wieder und die alte Lobmeierin rief wieder: »He, Emil! He, Desiree! So macht doch endlich!«

Desiree küsste die Mama auf die Wange und den Papa auf den Hals, weil ihr Mund nicht bis zur Wange vom Papa reichte. Dann nahm sie den Großvater an der Hand und zog ihn zur Gartentür.

»Halt, mein Mädchen«, rief der Großvater auf halbem Weg. »Meine Jacke! Und der Wein für den alten Waldviertler!«

Desiree lief ins Haus. Der Großvater sagte zur Mama: »Apropos Fest, Paula! Da ihr keins machen könnt, so wie die Dinge liegen, würd ich euch gern zu einem einladen. Nächste Woche einmal, wenn ihr Zeit habt, o.k.?«

»O.k.«, sprachen der Papa und die Mama im Chor.

Desiree kam mit der Jacke und der Weinflasche.

»Komm, Emil«, sagte sie und ging zur Gartentür.

Der Großvater ging neben ihr her. »Oh, Mädchen, mein Mädchen«, sagte er, »jetzt hab ich aber eine Angst gehabt, eine saumäßige! So wahr ich Emil heiße!«

»Wovor denn, Emil?«, fragte Desiree.

Weil sie aber schon beim VW-Bus angekommen waren

und sämtliche Lobmeierinnen und der Jonny Matula *Happy Birthday to you* anstimmten, konnte der Großvater nicht mehr antworten. Desiree wusste aber ohnehin, wovor der Großvater Angst gehabt hatte. So sagte sie bloß: »Aber Emil! Wo denkst du denn hin?«, und kletterte in den VW-Bus. Der Großvater kletterte hinter ihr her. Er strahlte über das ganze Gesicht.

»Hast du von der Paula einen Sack Golddukaten 'kriegt, dass du grinst wie ein Hutschpferd?«, erkundigte sich die alte Lobmeierin neugierig.

»Genau, liebe Frau«, sagte der Großvater. Und dann zündete er sich eine Zigarette an, eine von denen, die ihm Desiree geschenkt hatte, und die alte Lobmeierin keifte, dass der Großvater das Auto verstinke; aber das konnte man fast nicht verstehen, weil Desiree und der Jonny wieder *Happy Birthday to you* brüllten und die mittlere Lobmeierin schrie, dass sie es nicht aushalte, wenn jemand derart falsch singe, und die junge Lobmeierin kreischte, dass sie bei einem solchen Getöse kein Auto lenken könne.

Desiree fühlte sich unheimlich zufrieden. So zufrieden, wie man sich nur fühlt, wenn man spürt, dass man etwas sehr richtig gemacht hat.

Zuletzt ein paar Wörter, die vielleicht nicht jede/-r gleich versteht

anno Schnee_ *vor langer Zeit*

die Aschanti(nuss)_ *Erdnuss*

der Bartwisch_ *Handbesen, Handfeger*

der Binkel_ *Bündel*

blad_ *dick*

die Blunze(n)_ *Blutwurst*

das Bonmot_ *geistreicher Spruch*

der Borsalino_ *nach dem Namen des Herstellers benannter Herrenfilzhut*

die Courage_ *Mut*

dag (Dekagramm)_ *in Österreich gebräuchliche, grundlegende Gewichtseinheit. 100 dag = 1 kg*

der Dodel_ *Dummkopf*

exorbitant_ *übertrieben, gewaltig*

das Flinserl_ *glitzerndes Metallblättchen, im Ohr zu tragen*

futsch_ *weg*

das Fuzerl_ *winziges Stück*

der Gatsch_ *Brei, Kot*

das Gekeife_ *Keppeln, Schimpfen*

der Germgugelhupf_ *Gugelhupf aus Hefeteig*

hakeln_ *arbeiten*

die Hapfen_ *Bett*

das Heferl_ *große Tasse*

das war für den Hugo_ *das war umsonst, vergeblich*

das Hutschpferd_ *Schaukelpferd*

die Kredenz_ *Anrichtetisch oder -schrank*

das Ladel_ *Lädchen, kleine Lade*

das Lamentazi_ *Jammern, Klagen*

der Lemur(e)_ *Geist eines Verstorbenen, Gespenst; Halbaffe*

der Lokus_ *Abort*

malträtieren_ *misshandeln, quälen*

die Palatschinke_ *gefüllter Pfannkuchen*

die Pappen_ *Mund*

der Patschen_ *Hausschuh*

einen Pik haben auf jemanden_ *heimlichen Groll gegen jemanden hegen*

das Plastikkandel_ *kleine Kanne aus Plastik*

der Pracker_ *Teppichklopfer*

das Reindl_ *flacher Kochtopf*

der Schas_ *Furz, Unsinniges*

schupfen_ *stoßen, schubsen*

sekkieren_ *belästigen*

spechteln_ *in Spionierabsicht schauen*

das Stamperl_ *Schnapsgläschen*

stante pede_ *stehenden Fußes, sofort*

der Stoppel_ *Stöpsel, Korken*

die Tasse_ *Tablett*

das Topferl_ *Nachttopf*

der (das) Trampel_ *plumper, ungeschickter Mensch*

trutzen_ *trotzen*

der Untam_ *unmöglicher Mensch*

verstoppeln_ *verstöpseln*

wacheln_ *wedeln, fächeln, winken*

der Wappler_ *Schimpfwort*

die Watschen_ *Ohrfeige*

die Wurschtelfrau_ *Desirees Spitzname, abgeleitet von Wurschtel (= Hanswurst), aber liebevoll gemeint*

der Zank_ *jemand, der zänkisch ist*

© Alexa Gelberg

Christine Nöstlinger

Christine Nöstlinger, geboren 1936, lebt in Wien. Nach dem Abitur studierte sie Gebrauchsgrafik an der Akademie für angewandte Kunst in Wien und begann, für Tageszeitungen und Magazine zu arbeiten. 1970 schrieb und zeichnete sie ihr erstes Kinderbuch, das auf Anhieb ein Erfolg wurde. Seitdem veröffentlichte sie Gedichte, Romane, Filme und zahlreiche Kinder- und Jugendbücher.
Bei Beltz & Gelberg sind u.a. erschienen: *Wir pfeifen auf den Gurkenkönig* (Deutscher Jugendbuchpreis), *Der Hund kommt!* (Österreichischer Staatspreis), *Der Zwerg im Kopf* (Zürcher Kinderbuchpreis »La vache qui lit«), *Maikäfer, flieg!*, *Zwei Wochen im Mai, Pfui Spinne, Oh, du Hölle!*, *Das Austauschkind, Olfi Obermeier und der Ödipus*, die *Gretchen Sackmeier*-Romane und *Luki live*.
Für ihr Gesamtwerk wurde Christine Nöstlinger mit dem internationalen Hans-Christian-Andersen-Preis, dem Ehrenpreis des Österreichischen Buchhandels sowie dem Astrid-Lindgren-Gedächtnispreis ausgezeichnet.

Christine Nöstlinger

Rosa Riedl, Schutzgespenst

Roman, 208 Seiten (ab 10), Gulliver TB 78119
Österreichischer Jugendbuchpreis
Auswahlliste zum Deutschen Jugendliteraturpreis

Nasti – mit vollem Namen Anastasia – hat Angst vor finsteren Räumen, Angst vor dem Keller, vor Hunden: Sie hat immer Angst. Da bekommt Nasti plötzlich Hilfe – von einem liebenswerten Gespenst! Rosa Riedl heißt das Schutzgespenst, das nun energisch in Nastis Leben eingreift. Und damit nimmt eine turbulente Geschichte ihren Lauf!

Christine Nöstlinger

Wetti & Babs

Roman, 272 Seiten (ab 12), Gulliver TB 74087

Barbara Bogner ist dreizehn Jahre alt. Alle nennen sie Wetti. Eines Tages lernt sie Stefan kennen, der ihren Namen allerdings unmöglich findet. Was Stefan sagt, wird sehr wichtig für Barbara! Und weil er ganz andere Ansichten hat als Barbaras Familie und Freunde, wird das Leben für Barbara sehr, sehr kompliziert …

GULLIVER
www.gulliver-welten.de
Beltz & Gelberg, Postfach 10 01 54, 69441 Weinheim

Christine Nöstlinger

Am Montag ist alles ganz anders

Roman, 128 Seiten (ab 10), Gulliver TB 78160

Wie kommt man zu einer Punkfrisur? So bunt und grell, dass die Leute sagen: »O Gott, diese Jugend von heute ...« Kathi hat Glück. Kathi hat nämlich Läuse. Da müssen die langen Haare weg. Und Kathis Großmutter macht ihr eine Wunschfrisur. Was sie sonst noch alles unternehmen und warum am Montag alles ganz anders ist, erzählt Christine Nöstlinger in diesem vergnüglichen Buch.

Christine Nöstlinger

Das Austauschkind

Roman, 160 Seiten (ab 12), Gulliver TB 78984

Ewalds Eltern wollen immer nur das »Beste« für ihren Sohn. Auch dann, wenn Ewald selbst ganz anderer Ansicht über sein »Bestes« ist. Diesmal haben sie ein englisches Austauschkind eingeladen. Das hält aber von den Erziehungsmethoden der Gasteltern gar nichts, verlangt immer nur »Fish and Chips« und viel Geld für die Spielautomaten im Prater. Und schließlich verliebt es sich auch noch unsterblich ...

GULLIVER
www.gulliver-welten.de
Beltz & Gelberg, Postfach 10 01 54, 69441 Weinheim

Dagmar Chidolue

Floraliebling

Roman, 192 Seiten (ab 12), Gulliver TB 78287

Für Flora gehört ihr Englischlehrer zu der unangenehmen Sorte Lehrer, gegen die man nicht ankommt. Aber sie hat eine Idee, wie sie sich an ihm rächen kann. Dabei gerät sie in eine äußerst peinliche Situation, aus der sie ausgerechnet nur Linsenmaier, der faule Hund, befreien kann. Und auch der fette Onko mischt kräftig mit. Dabei wollte Flora doch mit Alex Schwenke ins Kino gehen …

Dagmar Chidolue

Der Klassenclown

Roman, 152 Seiten (ab 10), Gulliver TB 78616

Seit Anton Pochatz mit seinem komischen Anzug und dem riesigen Gebiss in Jettes Klasse geht, sind die öden Zeiten vorbei. Denn der Pochatz legt sich mit jedem Lehrer an, besonders aber mit Herrn Striezel. Deshalb endet die Klassenreise in einer Katastrophe … und Jette, Walli, Meik und die anderen müssen sich entscheiden, zu wem sie halten.

GULLIVER
www.gulliver-welten.de
Beltz & Gelberg, Postfach 10 01 54, 69441 Weinheim

Carl Hiaasen
Eulen

Aus dem Amerikanischen von Birgitt Kollmann
Roman, 352 Seiten (ab 11), Gulliver TB 74106

Roy ist neu in Florida und er hasst dieses flache Land und die Hitze. Dass der Widerling Dana Matherson es auf ihn abgesehen hat, macht es nicht besser. Doch hätte der ihn nicht gegen das Schulbusfenster gedrückt, hätte Roy auch nicht den barfüßigen Jungen wegrennen sehen … oder Beatrice kennen gelernt. Und in die Sache mit den Eulen wäre er erst recht nicht verwickelt worden.

Carl Hiaasen
Fette Fische

Aus dem Amerikanischen von Birgitt Kollmann
Roman, 304 Seiten (ab 11), Gulliver TB 74007

Türkisblaues Wasser in den Florida Keys – oder weiterhin eine stinkende Kloake, in der Baden verboten ist? Noah und seine Schwester Abbey setzen alles daran, die Verbrecher zu erwischen, die das Abwasser eines Kasinoschiffs direkt ins Hafenbecken leiten. Schließlich sitzt ihr Vater deswegen unschuldig im Gefängnis …

GULLIVER
www.gulliver-welten.de
Beltz & Gelberg, Postfach 10 01 54, 69441 Weinheim

Simone Klages

Rosies Entführung

Das Stempelbuch mit dem ersten und einzigen Radiergummikrimi

Mit Bildern von Simone Klages
192 Seiten (ab 10), Gulliver TB 78421

Rote Haare, Kapitänsmütze, Gummistiefel: Die Neue, die mitten in die Mathestunde platzt, ist in jeder Hinsicht ungewöhnlich. Rosie erzählt die dollsten Geschichten. Wolle ist begeistert, doch ob er das alles glauben soll, weiß er nicht so recht. Als ein Überfall auf den Postladen für Aufregung sorgt und Rosie plötzlich verschwunden ist, macht er sich unverzüglich auf Spurensuche. – Mit einem Mitmachteil!

Martina Wildner

Jede Menge Sternschnuppen

Roman, 216 Seiten (ab 11), Gulliver TB 78693
Peter-Härtling-Preis der Stadt Weinheim

Mit dreizehn muss man vom Zehner gesprungen sein und ein Mädchen geküsst haben, so viel steht fest. Genau das hat sich Viktor für die Sommerferien vorgenommen. Plötzlich ist da dieses Mädchen mit den langen, roten Haaren auf dem Zehn-Meter-Turm: Deborah! Sie macht den schönsten Kopfsprung, den Viktor je gesehen hat …

GULLIVER
www.gulliver-welten.de
Beltz & Gelberg, Postfach 10 01 54, 69441 Weinheim